目录

大作家写给孩子们

列那狐的故事

[法]季罗夫人 著
罗新璋 译

浪花朵朵

江苏凤凰文艺出版社
JIANGSU PHOENIX LITERATURE AND ART PUBLISHING

小引

《列那狐的故事》，顾名思义，是一本动物故事书。在这个动物世界里，弱者常为强肉，愚者常为智役，而惹是生非、闹得鸡犬不宁的乱臣贼子，是只狡黠的狐狸。这列那狐既可爱亦可恼，他自恃聪敏，喜欢略施小计，免不了欺凌弱小，不过也敢于对付强敌，甚至戏弄不可一世的狮王。但他也有失算的时候，如遇到比他还机敏的猫伯伯便眼睁睁吃了亏。书中所写，飞禽走兽皆有人情，狐狼兔羊亦通世故。这里也有贪财徇私的国王，片言折狱的廷审，远行请罪的朝圣……故事出于兽域，情形不异人间。列那狐的故事，最初流传于十二三世纪的法国民间，不乏新兴市民阶层的谐趣嘲谑与民间智慧，所以这个动物世界，多少带点儿当时中世纪人间社会的写照。

列那狐的故事，几世纪来在法国迭相沿传，并远播欧洲各国，各代人都有所附丽和增益。进入二十世纪，出有各种现代改写本。本译本，主要依据季罗夫人(Mme MAD H.-GIRAUD)的改写本，并撷取他本精彩段落而成。比较而言，季罗夫人这一改写本，情节曲折，叙述生动，且不乏幽默情趣。译者以前曾零星译过点儿法国名家作品，有时译得不胜其苦，但这本《列那狐的故事》无疑是译得最有趣、最愉快的一本书。故愿这本读物，能陪伴少年朋友度过一个有趣而愉快的星期天下午！

罗新璋

一九八七年四月十七日

第一章　初试锋芒

大灰狼夷桑干和他老婆埃桑德，还有小狼崽子，一顿晚饭，就吃了一只羊。一家子狼吞虎咽，啃骨吸髓，什么都没剩下。幸好埃桑德太太把羊腰子、羊肝事先留了出来，好给大灰狼明天早晨出门打猎的时候垫垫肚子。

“笃！笃！笃！”忽然听见有人敲门。

夷桑干说：

“咱们刚美美地吃了一顿，正该打个盹儿睡一觉，偏偏这会儿有人来串门，真不是时候！”

他老大不乐意，嘀咕着走去开门。一瞧外面，顿时容光焕发，喜形于色：原来是他外甥，列那狐！但是瞧他那副倒霉相，戗（qiāng）着毛，眼神无光，鼻尖干涩，两腹空空，耷拉着耳朵，怪可怜见的。

大灰狼惊叫道：

“哟！外甥！你难道病啦？看上去气色挺不好。”

“可不是，老舅！病啦，病得打昨儿早晨起就没吃东西。”

“快，快，埃桑德！”大灰狼吩咐道，“把留给我明天吃的羊腰子、羊肝，做给外甥吃吧！”

“不用，不用，谢谢啦，我不饿！”

说话间，列那狐拿眼睛瞄着屋角上吊着的三条羊腿，又鲜又嫩，老远就能闻到香味，真巴不得立刻分享一份，尤其是从昨天起他真的没吃过一点东西。整

天在树林里转，在旷野上跑，找不到什么可以充饥的东西，又饿又乏。

打心眼里说，他宁愿吃一条羊腿，也不要一堆羊腰子、羊肝的。可是大灰狼压根儿不提羊腿的事儿。

埃桑德太太很快把腰子呀肝呀做好端来。列那狐三口两口就吞进肚里，可心里还一直惦记着羊腿，便抬头望屋角，装作突然看见似的，说道：

“好啊，老舅，你们挂着的几条羊腿真呱呱叫！不过，你们不该挂出来给人看到。万一偷东西的，一下子来了，一下子又走了，你们跟羊腿就算再见啦！再说，有什么朋友呀，亲戚呀，想要一片尝尝，总得给吧。我要是你，就全留给自己，把羊腿藏起来，推说给偷走啦。”

“外甥，谁要能偷走这几条羊腿，算他有本事！更不要说开口来要了，谁要也不给！就是爷娘老子、兄弟姊妹，宁可让他们活活饿死，也不给他们吃上一口！”

“说得对！”列那狐顺着大灰狼的口气，“可是你那么善良，心肠一软，就会去割一片，再割一片，一片又一片，羊腿就给分完了，还能给自己剩下什么呢？我要是你，就把羊腿藏在谁也找不到的地方，想吃的时候就跑去吃一通，对别人就说羊腿给偷走啦！不过，你们爱怎么办就怎么办，反正，比起我这可怜的狐狸，你们要聪敏得多哩！”

说罢，狐狸就告辞了。

其实，他没走远，拣一丛矮树躲了起来。等天黑透了，才偷偷溜出来，踩着小碎步，挨近大灰狼家的门口。侧耳一听，全家都已睡得鼾（hān）声如雷。列那狐屏息静气，悄没声儿地跳上屋顶，在挂羊腿的地方扒开茅草，解开吊绳，把羊腿提回了家。

他老婆艾莫丽和一帮小狐狸，见他带了美味回来，都兴高采烈。个个嘴尖齿利，嚼个痛快，吃剩的便藏在床垫子下面，等明天有胃口再吃。

第二天清晨，天刚蒙蒙亮，大灰狼醒来了。看到屋顶上有个窟窿，挂羊腿的地方空空如也。他揉揉眼睛，以为自己看花眼了，但是再揉也没用，屋顶上确确实实有个大洞，挂羊腿的地方已空荡荡了。正当大灰狼捶胸顿足、埃桑德太太呼天抢地、小狼崽子鬼哭狼嚎的时候，列那狐光临了，问他们干吗哭得那么伤心，是殁（mò）了爹娘，还是死了兄弟姐妹或儿子闺女。

“我那羊腿！”夷桑干嚷道。

列那狐假装才看见屋顶上的洞，羊腿不见了，便挤出一声干笑来：

“哈，老舅！不错，就该这么说！”

“我那羊腿，我那羊腿……”大灰狼猴急地叫道，“给人偷啦！”

“啊，老舅，你真会使乖！是的，就该这么说——给人偷啦！这么一来，谁也没法儿问你要了，你就可以留给自家独享啦！”

“哎，我跟你说，羊腿真的给偷走啦！”

“不错，不错，老舅！你就该一口咬定，总这么说，人家就会相信，羊腿真的给偷走啦。”

“你没瞧见？”埃桑德太太抽抽噎噎地说，“那个贼，为了把羊腿提走，竟开了这么大一个窟窿！”

“嗯！”列那狐点点头说，“这窟窿开得挺不错，别人真会相信是小偷开的呢。但你们尽可以开得小一点，因为弄不好，兴许会把你们也提走，送到肉铺里去呢。总而言之，最要紧的，是你们把羊腿藏起来了，谁也摸不着啦！”

“外甥啊外甥，我这么说你都不信，我可真要生气啦！”

“啧，啧，老舅！你们这么说，别说是我了，比我再狡猾的，也会信以为真，相信羊腿给偷走啦！得啦，得啦！你们可以痛痛快快大嚼一通啦。但是，羊腿藏在什么地方，可千万不能告诉别人哟。再见啦！”

列那狐得意扬扬地走啦，他不仅骗了大灰狼，吃了他家的羊腿，最开心的是，还把大灰狼奚（xī）落了一番。

第二章 狐狸的诡计

列那狐和老婆孩子，住在漠北堆——自己的宅第里。

每天，他在这儿，自恃（shì）聪敏，动脑筋运计谋，去占别人便宜。不仅损害亲朋好友，甚至连不可一世的万兽之主——狮王诺博尔，他也毫不留情，敢于下手。

每天，他打这儿出发，不计路程远近，哪儿有吃的就往哪儿奔，好歹得弄点吃食回来，有家口要养呀！再说，他嘴又特别馋，还要尝鲜吃好。

话说这天，寒风凛冽，天色阴沉。列那狐在屋里转来转去：食柜菜橱，全都空空的。

他老婆艾莫丽，靠在安乐椅里，颠巴颠巴脑袋，愁容满面地说：

“家里什么吃的都没有了。一会儿两个孩子回来，一到家就喊肚子饿，吵着要东西吃，怎么办？”

“还不得我出去碰碰运气！”丈夫长长叹了口气，“天寒地冻，真不知上哪儿能掏摸到吃的！”

他慢慢磨蹭着跨出家门。不管怎么着，也不能眼看家小饿得直哭啊。

门外只见冰原雪野。他朝只剩光杆儿的树林悄悄走去，东张张，西望望，哪来吃的呀，影儿也没有！

他慢吞吞走近大路，路边有堵篱笆挡着。

当下他垂头丧气，挨着篱笆坐下，寒风吹动他稀松的长毛，直扑他盈盈欲泪的眼睛。他坐在那儿惘惘然出神，也想不出个道道儿来。

突然，一阵强风吹过，刮来一股腥味，直往他鼻孔里钻，够提神醒脑的。

他抬起尖嘴，嗅嗅空气。

“敢情？”他琢磨着，“难道是鱼？嗯，可不是鲜鱼的味儿？哪儿来的？”

他猛地耸起身来，踮起后脚跟儿，攀着篱笆张望。

他鼻子灵，耳朵尖，眼睛也亮。远处，老远老远的地方，有辆运货车驰来，吊胃口的鲜味儿准是打那儿飘出来的。货车越近，腥味越浓，盈车满载的全是鱼呀！

那是去赶集的鱼贩子。

“鱼呀，来得好，真求之不得！”他刚想到鱼，脑瓜里就迸出一条妙计。

列那狐不允许自己有片刻的狐疑游移！轻轻一跳，翻过篱笆，奔上大路，遥遥领先地跑在大车前面。但他跑得太快了，突然往地上一倒，像暴卒猝（cù）死一般。

身子软塌塌的，舌头拖得长长的，双目闭得紧紧的，真个像呜呼哀哉了。

鱼贩子就是这么想的，他们的车刚好驶到这堆“路障”前面停住。

“是狐狸，还是山獾（huān）？”

“狐——狸——！下车，快下车！”

“好啊，世界上少了个捣乱的畜生，可这张皮丢在这儿太可惜啦。”

两人慌忙从驾车的高座上爬下来，想走拢去看个究竟；这时，狐狸的那副死样子装得越发到家了。

拧拧，不动；摇晃摇晃，不动；翻过来倒过去，还是不动！

这岂非大好机会，让这两个商贩开开眼界，欣赏欣赏这身华贵的皮毛、雪白的颈项！

“可以卖到四块金洋。”一个估计。

“四块？少说也得五块。就算给五块，我肯不肯出手，还不一定呢。”

“先撂(liào)上车，到集上再剥皮，卖给收皮货的。”

两人一点不提防，把狐狸往车后面一扔，转身爬上

各自的座位。

这时,他们身背后的列那狐睁眼一看,简直乐坏了!

他正好挤在鱼筐中间，等于安插在鱼鲜海味席上。

不出一点声响，几乎一动不动，用尖利的牙齿，悠着劲儿一咬，满筐的新鲜鱼就成了狐狸的腹中餐。转眼之间，少说有三十条罗非鱼，装进了他肚里。尽管没佐料，也没什么可抱怨的。

狐狸并不吃完便跑。机会难得，焉（yān）能不充分利用?

牙齿咯咯两下，又咬开一筐。这筐盛的是鳗鱼。

“妙啊，妙啊！”出于纯粹的家庭观念，想弄清楚鱼是不是新鲜,免得家小吃坏肚子,他才勉强试吃一条。

突然，他灵机一动，想到这长长的鳗鱼可以像项圈儿一样，一条一条绕在脖子上。打扮完毕，他便消无声息地哧溜下车。

尽管轻巧，滑到地面时还是“噗”地出了一声。赶车的人一愣，没悟出是装死的狐狸要逃生了，倒是这滑头家伙抢先打招呼，嘲弄地说:

“您二位真够朋友，既慷慨又大方，愿上帝保佑你们。

“你们的鱼，货色不错，又肥又鲜，我没好意思独吞，还给你们留了点儿。这几条鳗鱼，就多谢了！

“还有，那五块金洋，叫收皮货的先留着吧！”

两个鱼贩子这才回过神来，原来列那狐巧施诡计，耍了他们一通。

他们赶紧勒住缰绳，翻身下车，一边追，一边高喊抓贼，喊得上气不接下气，却只见狐狸越跑越远。

这事，是两个鱼贩子自己招来的。现在懊恼也没用啦，只得重新爬上座位。

列那狐连跑带跳，一口气奔回家里。妻子老小正饿得发昏呢。

艾莫丽太太看到当家的满载而归，顿时眉开眼笑。

列那狐进得屋来，马上把大门掩上。脖子上的几条鳗鱼项链，圆浑晶亮，在他老婆看来，简直是天底下最美的饰物了。艾莫丽把丈夫大大夸奖了一番。

两个孩子，莫卜罕和毕瑟赫，虽然还小，不会打猎，

但洗洗烧烧，已很内行。当下一个烧火，一个洗鱼，再把鳗鱼一段段放在火上，慢慢烤成可口的佳肴。

艾莫丽则忙着照料丈夫，替他洗脚——这飞毛腿今天可是立了大功；又替他擦身，擦这身估摸着值到五块金洋的皮毛！

第三章　大灰狼受洗

正当艾莫丽太太给丈夫擦拭一身好皮毛，莫卜罕和毕瑟赫两个孩子忙着烧火烤鱼的时光，大灰狼夷桑干从他们屋前走过。

他看到厨房的烟囱冒出袅袅青烟，顿时觉得异香扑鼻。事实上，的确馥（fù）郁喷香，因为鳗鱼正烤到外焦里嫩，恰到好处。

而大灰狼的肚子，恰恰跟几个钟点前的列那狐一样：饿得发慌。

哪能不饿？天寒地冻的，一点吃食都找不到，这香喷喷的气味就更加吊胃口了。

大灰狼见列那狐家大门紧闭，也顾不得尊严不尊严，就鼻翼偾张，猛吸了几口。哟，我的天，多好闻哪！

他绕屋子转了一圈，四面八方无隙可乘，亦无计可施。而令人馋涎欲滴的香味，满满囤囤的，整个屋内都是。

夷桑干朝一头走过去，接着又转身踱回来。嗅嗅空气，打打呵欠，叹上一口气，又嘟囔几声。

临了，他打定主意，决心去敲门。

“谁呀？”列那狐早就听到门外气咻（xiū）咻的鼻息，认出是大灰狼，还明知故问。

“是我。”

“‘我’是谁呀？”

“我是你老舅！”

“咦，怎么可能？”列那狐故作惊讶，“我当是贼呢！”

“瞧，你错到哪儿去了！——快快开门，我快要饿死了。”

“这会儿没法开，”列那狐装模作样地说，“实话跟你说吧，今晚这儿在大宴宾客，请教士吃饭。”

“哪来的教士？”大灰狼好生奇怪。

“哎，蹄隆修道院的教士，认识吗？我也入教了，你还不知道？我的老宅子，成了修道院。同宗同派的人，现在一起来聚聚。”

“那让我也进来参拜参拜。”

“恐怕不行，”列那狐表示为难，“贵客在此，不便打扰吧？”

“那你说说，你们吃的是什么肉，那香喷喷的气味，搔得我鼻官痒嗖嗖的。”

“别开玩笑了，我们才不吃肉呢！”列那狐辩驳道，“席上有又肥又大的鲜鱼，刚刚做得的干酪。蹩脚伙食，教皇可不准我们吃！”

“哟，恕我孤陋寡闻，倒有所不知。好外甥，把你们吃的，给我点儿吧，我打饥荒了，你该有点恻隐之心才是。”

“我可没法让你进来，”列那狐跟他尽磨蹭，“不是同宗的教士，不是修行的隐士，任谁也不准进来。”

那有什么办法呢？

大灰狼无可奈何，只好不进去。但事情不能到此为止。厨房里飘出来的气味那么诱人，咕咕直叫的肚子可不好商量。夷桑干只得曲意央求：

“我说外甥，你们大碗小碟、水陆杂陈的，就不能给我那么一点儿尝尝鲜？你不知道我饿到什么份儿上了。你们不是在烤鱼吗，发发慈悲，就给我来上一段，短短的一段，还不行？”

“好吧，为了你，老舅，我破例犯次教规，去给你找点儿来吧。”

他倒不是拿短短的一段，而是拿了两段，但长的一段，先孝敬了自己——他不该先尝尝吗，看鱼烤得好不好？接着，才把另一段从墙根旁的小洞里递出去。可这还不够大灰狼囫囵一口的；他嚼了两下，只觉得肚子更饿，嘴巴更馋。

“这是教士恩赐给你的，”列那狐心里盘算了一会儿说，“他们表示，希望你有朝一日也能进教。”

“进教就能有这种好东西吃吗？”贪馋的家伙舔着嘴唇问，“多香的气味，多美的味道，我觉得自己就要信教了。我要是进教，能不能再给我几段尝尝？”

“几段？那你会给供奉起来了！这种鱼，要吃多少就多少！”狡猾的狐狸说得天花乱坠，“但眼前，还没进教，就一丁点儿也不能给。而要进教，先得削发剃度。”

“那就剃度吧。”大灰狼懵懵然应答道。

“甚至要刮光。”列那狐又加上一句。

但口腹之欲凌驾于一切之上。

“得，要剃就剃，要刮就刮，只要把好吃的再给我一点儿就行。”

“凭教士的靴子起誓，像你这样又老练又英武，还这么虔诚，一进修道院，准能当院长，都够资格当我师父了！你看，我已经在为你高兴了。”

“你别取笑，”大灰狼假客气一番，“求你快些给我剃度。我就入你们这个教派，我着急着呢。”

其实，大灰狼着急的是再弄几段鱼吃吃。存着这个念头，他才肯听狐狸摆布；而列那狐心想，这倒是个恶作剧的好机会。

狐狸转身去厨房，让那馋鬼在屋外等得不耐烦去。

灶上一锅水正滚得气泡上下翻跳不已，列那狐端起来就朝墙洞边走去。

“喂，”他喊夷桑干，“把脑袋从墙洞里钻进来，洞口虽小，挤挤还钻得进。我给你削发剃度，保你一根不剩，寸草不留，比修道院所有的教士更像教士。”

大灰狼深信不疑，使劲把脑袋往里钻。

狐狸这坏东西只等这一刻，马上把一锅滚烫的开水没头没脑浇下去，叫那受戒的畜生痛得火辣辣的，直摇头咋舌。

等大灰狼缓过气来，才握拳舞爪地喊道：“列那狐，列那狐，你要杀了我怎么的！你烫的圈子太大了！我老命都要没有了。”

不仅烫得毛发煺净，连头皮也烫烂了！大灰狼冒冒失失钻进来的脑袋，这下要缩回去，在墙洞边上更是磕不得碰不得。列那狐这时甜言蜜语，尽拣好话说，使大灰狼越发识不破是狐狸在使坏，暗中捉弄他。

“你现在活脱像个教士啦，”列那狐对他的受害者说，“今夜你还得在户外守夜，考验你虔心不虔心。这是教规。”

“既是教规，那就照办吧。”夷桑干蔫头蔫脑地答道。

须知大灰狼的苦头还没吃完呢，因为列那狐另生一计，还要捉弄他一番！

第四章　尾巴钓鱼的奇闻

夷桑干给开水烫得晕晕乎乎的当口，列那狐从自家一扇边门出去，找到了倒霉虫：

“老舅，你独自去守夜，冷冷清清的，有我陪着，时间就不显得长了。瞧，我待你多好！”

夷桑干痛得东倒西歪，只顾哼哼唧唧的，根本没有心思去搭理。

列那狐和大灰狼，一前一后，也不搭话，摸黑走起夜路来。

也许是事有凑巧，更可能是列那狐诡计多端，总之，两人走着走着，走到一个池塘边上。

那是圣诞节前。天上是冷月冻云，寒星熠（yì）熠，地上是滴水成冰，朔风凛冽。池水已结了厚厚一层冰壳，只留得庄稼人饮牲口用的一个窟窿。

列那狐瞅了瞅冰窟窿和边上的大木桶，自语似的说：

“这里倒是钓鳗鱼的好地方。”

一听“鳗鱼”两字，大灰狼把剃度之苦全忘了。可不，吃比什么都要紧！

“那用什么办法捞呢？”他问。

“就用这玩意儿，”狐狸指一指水桶，“拴根绳，把桶放进池里。只要有耐心，就能钓得到。钓一桶鳗鱼吧，少不了得等上半天，但鳗鱼多够滋味，你不是刚尝过吗？”

“我倒想钓点儿。”大灰狼跃跃欲试。

“老舅，这样吧，”列那狐说，“你想钓就钓，我不跟教士说就是了。你今晚守夜，按规矩得斋戒禁食。但我不说，他们就不会知道你破了戒。——可是，这更深夜静的，哪里去找绳子？地上这些绳头不顶事，挂不了水桶。”

“能行，”大灰狼急中生智，“可以把水桶拴在我尾巴上，就这样，我钓他一桶鳗鱼上来！”

列那狐心里暗笑，把水桶牢牢缚在老相识的尾巴上。大灰狼往后蹭着，把水桶挪进冰窟窿里，然后老老实实在旁边坐等。

狐狸这时走开去，钻进树丛里准备过夜。他用爪子遮着脸，这样好睡觉，也便于窥察他这位新教友。

夜越深，天越冷。大灰狼的尾巴上结出一串串冰碴儿，给他一种滞重的感觉，以为鱼儿涌进了桶。他舒心畅意，开始做他的美梦，想这一下能打到多少鱼，还不得他大嚼一顿！

坐久了，他扭动一下身子，但马上自制，唯恐把桶

里的鱼给吓跑了。他相信，耐心越大，鱼就钓得越多。

又过了好大一阵子，他感到水桶确实沉甸甸的了，想必鱼都要满了，这才决定把桶提上来。他使劲提，使劲提，屁股上的皮都差点儿给抻掉了，就是提不上来。尾巴给冰冻得结结实实，怎么能挪得动呢？他不知如何是好，连忙喊救兵：

“列那狐，桶里满满儿的了，我提都提不动，鱼太多了，快过来帮帮忙！”

听到喊声，狐狸假装才惊醒过来，揉揉眼睛：

“咦，老舅，您怎么还在原地不动？赶快把鱼收起来，走吧。天快亮了。”

“跟你说，我提不动。鱼太多了，桶太重了，我力气没这么大。”

“噢，”列那狐狡黠（xiá）地一笑，“我明白是怎么回事了。这能怪谁呢？你太贪心了，想钓多多的，结果又提不动，正应了古人的话：‘欲多则不得！’”

这时，太阳已经升起，村里的人已开门出来。

庄上的领主有个习惯，每天一清早，就要外出打猎。

这天，他跨上马，带了一帮随从和猎犬，呼啸杂沓（tà）而来。

“啊哈，看那大灰狼，”猎手们嚷道，“他给冰冻住了，宰了他！”

猎犬跑得最快，首先冲到，开始围攻夷桑干。大灰狼逞着尖牙利齿，乱叫乱嚷，拼命自卫。但他给固定住了，走不得，离不开，除了张牙舞爪，还能有什么高招？说实在的，他并不想交手，倒情愿求个太平！

这时，领主已赶到，翻身下马，挥剑直取大灰狼。但冰上太滑，他走近时一刺（cī）溜，剑没刺中大灰狼，只斩断了他的尾巴。

夷桑干痛得又颠又撅（juē）。尾巴断在冰里，身子倒自由了，一跳而起，拔腿就逃。可是猎犬紧追不舍，大灰狼肆其凶顽，又踢又咬，且战且逃，直跑上一个陡峭的山冈，众猎犬奈何他不得，才怏怏而回。

大灰狼真是苦不堪言。头皮烫烂还没好，尾巴又给砍掉了。痛定思痛，他动了一缕疑念：这些倒霉事儿，会不会是那狐狸撮弄出来的？

第五章　落井之后

列那狐算得上机灵聪敏了，但任凭你多乖巧，也难免不干蠢事。

时值盛夏酷暑，天象大旱，久久不雨。列那狐在荒原上跑得口干舌燥，一心想找点水喝喝。瞥见远处有口井，便欣欣然奔了过去。趴在井圈上一看，水倒又多又清，只是深不可及。井架上有条长绳，挂着一上一下的两只水桶。他迷迷糊糊地用前爪去抓水桶，还没弄明白是怎么回事，身子就不由自主直往井底下坠。这下落到了个可悲的境地。

现在他可以畅其所欲，喝个痛快了！只要有雅兴，钓鱼也可以。他常喜欢设圈套置陷阱，这次鬼使神差，自己掉在了井里！此刻折磨他的，已不是难耐的干渴，而是临死的恐惧。仰望井口，显得高到天边，除非长翅膀才飞得出去，不然得在这鬼地方待到最后的审判了。他一向自恃聪敏，可事到如今，这点机敏全不顶事，只觉得自己是个双料的废物。

说来也巧，大灰狼夷桑干正寻水喝，也走到了这口井旁。他俯在井圈往下一瞧，看到什么啦？一只黄褐色狐狸，像幽灵般靠着井壁一动不动。何其相似乃尔！他简直不敢相信自己的眼睛，问道：

“你是谁？你这无赖！你也有这一天！让你刁钻古怪，变着法儿捉弄我……”

列那狐一听声音，就认出是夷桑干，便由着他谩骂咆哮。等他发过一阵火，狐狸才开口：

“啊，你是谁？你是跟我说话吗？我在这里打坐修行呢。”

“你到底是谁？”大灰狼反倒蒙了。

“我曾是你的外甥，咱俩还是老搭档呢。我在世时机变如神，死后倒——谢天谢地！——进了天国。现在人家喊我‘该死的狐狸’。”

“啊，我听了心里像一块大石头落了地！那你是什么时候死的呢，列那狐？”

“前天。这没什么可惊奇的。有生之物，总有一死。

上帝什么时候点到他，就什么时候赴召呗！我感谢万能之主使我脱离苦难的尘世，把我的灵魂接引进天堂。如果我生前冒犯过你，惹你生气，那么现在，老舅，我求你能原谅死者。”

大灰狼说：“我很乐意。现在你死了，上帝可以作证，我对你的恨意全消了，你所有的过失我全原谅了。你这一死，我倒真有点难过呢。”

“这倒不必，我很开心。”列那狐说。

“很开心？这话当真？”

“的的确确十分开心。”

“那是什么道理，你说说看。”

“因为我肉体虽死，灵魂却得救了，进了天堂。我不愿为自己表功，但我一说，你会觉得我确实为人不错，因为我从来没对你安过坏心，一直想为你办点好事。我这些品德，死后总算善有善报啦。你在地上的王国固然称雄一方，我在天上的乐园地位也不一般。天堂里山清水秀，万物丰盛，鸡鸭鱼肉多得是！总之，我想要什么，就有什么，一切都如愿以偿。”

大灰狼听到肉食富足，便央告列那狐，说他也要到那个天堂去。

列那狐泼他冷水："你别痴心妄想啦。天堂是仙界，不是谁想去就能去的。你得承认，你为非作歹，狼狈为奸，干过不少昧心事。就说对我吧，你总无缘无故怀疑我，以为我要捉弄你，其实，这种念头我从来都没有过。我可以指天发誓，我的话句句是真话。"

"是的，是的，我不该怀疑你，我已后悔莫及了。现在你说的，我句句都信，还不能让我进天堂？"

"倘若你真有这个意愿，那请看这两只水桶，一只在你身旁，一只在我这儿。这是权衡善恶的天平。行善积德，重于丘山，桶就往下坠。恃强凌弱、罪恶滔天的，桶就会往上翘。你想进天堂，得先忏悔，对你生平所做坏事表示悔过。心诚则灵，才能感化上帝开恩赦罪。"

"就这点事吗，"大灰狼欢快地说，"我马上可以照办。"

"我也替你祷告，求上帝给你在我身边留个位子。"

大灰狼迫不及待，就屁股朝东，脑袋向西，叩头如捣蒜，嗄（shà）着嗓子叽叽呱呱念叨起来。列那狐则机灵精怪，一脚跨进井底那只水桶。

“列那狐，”夷桑干过了一会儿喊他，“我已忏悔完毕。”

“我也替你求得了圣宠。请看这奇迹！”——这时正值深夜，灿然满天的星星在井水上映出闪烁不定的银光。列那狐接着说：“吾主慈悲为怀，已经宽宥（yòu）你的罪过，以这千百烛光迎接你的到来。请即刻进水桶吧。”

大灰狼满怀信心和希冀（jì），前爪攀缘绳索，后腿刚进水桶，就迅疾往井下坠。原来两者之中他更重。但还有使他吃惊的事呢：他往下降时，列那狐却升了上来。大灰狼发急喊道：“伙计，你上哪儿去？”

另一位曼声答道：“别大惊小怪！这是规矩，来一个走一个。我这儿往上走，走去人间天上。这回该你沦入地狱了。”

桶还没齐井口，列那狐就先自一蹦，踏上乐土。他邀天之幸，得售其奸，重又逍遥起来。至于大灰狼，只好委屈一下，让他不自在去……

第二天早晨，修士来汲水，才把桑夷干提了上来，倒出水桶一看，已经淹死了。趁修士转背去喊人，装佯（yáng）的大灰狼才得绝处逢生，火速逃窜。他心里更恨死了列那狐，发誓此仇非报不可。

第六章　狐狸与山雀

这天早晨，列那狐很早就起身了。

倒不是因为霞光万道，叫人想出去遛遛腿儿，而是睡梦未醒，肚子先咕咕叫了。

他早早出门，信步走去，看哪里能寻顿早饭吃吃。

这时田野寂静，鸟声初噪。他“拓落拓落”跑着，突然看到橡树枝头有只娇艳的山雀。山雀就栖居于这棵橡树上，在蛀洞里做窝生蛋。

列那狐眼珠一转，便生一计。

“早上好哇，山雀姨妹，”狐狸搭讪道，“一早看到你，真叫人高兴。你飞下来，我求求你，来亲亲我。”

“叽叽，列那狐，”山雀回答，“你呀，我太了解啦，恕不从命。对我那些鸟朋雀友，还有别的飞禽走兽，你耍了不少花招，我都是有所耳闻的。所以啊，才信不过你呢，你嘴巴再甜也没用。你敢情是魔鬼附身了，才会这么刁滑！老是算计别人，叫人怎么信得过？”

“山雀姨妹，”狐狸装出优雅的姿态想套近乎，“你真是贵人多忘事呀，我还是你长子的教父呢。承你看得起，挑我做教父，这份交情我看得很重，你倒像是忘啦。

“光凭这层关系就够啦，再说，宫中还有上谕，你不知道吗？

“不知道就亏了，我来告诉你吧。

“咱们的国君，凛凛之尊的狮王诺博尔，决意开创太平盛世，已经颁发和平诏（zhào）书，邦内禁绝一切仇杀。权贵重臣一致表示要遵依大王的圣旨。上帝保佑，愿天下从此长治久安。

“现在，咱们谁也不用怕谁了。所有百姓，从小鸡到大象，听到这个消息无不欢欣雀跃。大家相安无事，可以过太平日子了。”

“列那狐，你说的真比唱的还好听，这的确是个美丽的故事，”山雀讥讽道，“但你早晨的吻，奉劝你还是转送别人吧。我是不会下来的！因为你最喜欢拿我寻开心！”

“啊，姨妹，”列那狐急忙分辩，“你不信就不对了！嗯，怎样才能叫你相信呢？有了，既然你那么怕我，我闭上眼睛，你来亲我，还不行吗？”

看他一片诚意，山雀觉得也不便一味峻拒。

“那好，只要你闭上眼睛，我就同意飞下来。”

山雀飞近时，看列那狐闭着眼睛在等，便顺手捡了根带叶片的嫩枝，用枝梢轻轻挠他的触须。

这言而无信的家伙，以为时机已到，“啊呼”一口咬下去，只咬得满嘴树叶树杈。

山雀在几步远的地方看得直发笑。

“啊，列那狐，”山雀得理了，“你向我宣布的，就是这种和平吗？你嘴里的‘太平日子’，着实蹊跷（qī qiào）得很呢。你的誓言，我现在知道是什么货色了。”

“唉，好姨妹，这是跟你闹着玩的，我以为你能懂呢。”狡猾的狐狸想给自己开脱，“好，咱们重新来过，这次得正正经经的。”

“行，你先闭上眼睛。”

这次，山雀来个声东击西：列那狐的脸刚朝左面转去，山雀倏（shū）地跳到右面，狐狸没有察觉，脖子一伸，张口一咬，咬了个空。——山雀站在边上看好戏呢！

山雀接着振翅一飞，呼啦啦飞回到原先的树枝上。

“列那狐，你又现眼了吧。我要是实心实意信了你，这条命早没了。跟你说，要是再信你一言半语，就天诛地灭！”

“啊哟，你还是没懂，”列那狐又鼓动如簧之舌，“这一次，我是罚你，罚你这么多疑，这么胆小。你自己瞎猜想，以为我要来哄骗你，天地良心，这种想法我是一点儿都没有的。

“好，咱们再来一次。按规则嘛，三次算数。

“我不会咬你的，别怕，姨妹。我不是你儿子的教父吗，我还听到他在树上吱吱叫呢。好，以我义子的名义，咱们亲个嘴，巩固友谊。你不用害怕，我说话算数，你就放心下来吧。”

山雀栖傍高枝，听这家伙口蜜腹剑地胡扯。她既不傻也不痴，把狐狸的话掂量掂量，觉得一文不值。

这时，一群猎人，带着好些猎犬，路过这儿，一眼瞥见列那狐，马上喊起来：

“有狐狸……抓狐狸哟！”

号角长鸣，他们随即纵马追来。

列那狐眼看要大难临头了，觉得不宜再等，还是走为上计，恰恰这时山雀用话拉住他：

“列那狐，你讲得有道理，我算信服了。你等一下，我就飞下来亲你。

“哟，你干吗逃呢？那些人拍马舞刀，来干什么？你刚才说的和平协定，难道已经撕毁了吗？”

“山雀姨妹，”狐狸一边逃一边说，“那协定，打猎的消息不灵，肯定还不得而知。追来的狗又太年轻，长辈们握手言和的事，还来不及告诉他们呢。”

“哎，列那狐，凭咱们多年知交，别这么匆匆忙忙走呀。这次，我主动来亲亲你。”

“对不起，没工夫多耽搁了。”这滑头家伙言不由衷地说道。

他一蹿，跑出好远去，自以为得救了，不想遇上一个杂役修士，还牵着两条大猎犬。

列那狐这下陷入了前后夹攻。后面追来的马夫，对那修士高声喊话：

“快把你的狗放开，快放！”

列那狐明白等待他的是什么下场，只要一给捉住，就性命难保。非得施展全身解数，才能克敌制胜！

“神父，”他给在教堂里根本数不上的杂役修士戴高帽子，“看上帝面儿上，别拦我的道。你是圣徒，不兴做伤天害理的事儿。我这么猛跑，是跟追来的狗打赌比赛呢。你看，我就要赢了，因为赌注很大，那些猎人便想尽办法要来拦截。你别插手。不然，就会做下大不该的事啦。”

“既然如此，”那修士说，“你就赶快跑过去吧，愿上帝助你！”

这位好好先生，别人说什么信什么，不但手上的狗没放开，还给列那狐让了路。

狐狸一头钻进灌木丛里，东一转，西一拐，猎人就休想找到他的踪迹了。

列那狐已知脱离了险境，还跑了好一阵，因为对那些可以致人死命的追兵，离得越远才越保险。

第七章 爱听吹捧的乌鸦

在清泠（líng）泠的小溪旁，有一片绿茵茵的草地，草地上挺立一株高大茂密的山毛榉。

繁花绿草，景色宜人，列那狐跑到这里，心旷神怡，禁不住想跳到欢腾的溪水里洗个干净澡。

他出浴上岸，为让身上干得快点儿，便在青草地上打滚儿玩。

他本想舒舒坦坦睡一会儿，无奈饥肠辘辘，先得找点儿吃的填填肚子。

前面不远处，有个庄户人家，主妇正把做好的干酪，相继拿出来晾（liàng）。

刚做好的干酪，叫人看了特别眼馋。乌鸦吉失灵闻到气味，尽在上空转悠，不肯离去。

那农妇一点儿不提防，径自进屋去了。吉失灵翅膀一闪，飞箭般扑向干酪，用爪子紧紧抓起一块就溜。

农妇正巧从屋里出来，看到真赃真贼，便朝半空喝道:

“你这飞贼，快把干酪给我放下！”

说着捡起石子便扔，但哪里打得中。

吉失灵攥着赃物，嘿嘿笑道：

“老娘儿们，自己看不牢，别怪别人捞！这块干酪，要是有人问起，就回报说吉大爷叼走啦，拿去享用享用。

“你的干酪里，就数这块做得软硬适宜、不干不稀。婶子，我吃起来，一定会想到你的好手艺。但愿这干酪的味道，也跟成色一样好。至于你嘛，把其他干酪看看牢才是正经！”

瞧见那株枝叶茂盛的榉树，吉失灵拣高枝一蹲，吃将起来。树脚底下，正好坐着列那狐，在盘算怎么骗顿饭吃吃。

乌鸦的硬喙（huì），在干酪上“突突”两下，啄下一大角来。

但啄得重了点，还啄出几星碎屑，正好掉在狐狸的鼻尖上，这家伙一看就知是什么啦。

可怜他饿得直打呵欠，见到碎屑，便想探明是从哪里来的。——别人有美味佳肴，他却没一点份儿！

透过密密层层的树叶，看到乌鸦吉失灵正在吃偷来的干酪，一小口一小口品着味儿！

“哎，怎么，”列那狐先打招呼，“我抬头一看，原来是你老兄啊！

“愿老天保佑你，愿上帝接纳你父亲的亡灵。令尊霍哈勋爵，生前唱歌堪称一绝，像他那样嘹亮的嗓子，我再没听到过。

“你也一样吧，我要是没记错，你从小就擅长唱歌。你的嗓子还那么好听吗？能不能一展歌喉，唱两句给我听听？

“不才我，算得是个歌迷。能聆听你的妙音，其乐何如！”

给这么一捧，吉失灵无须别人多请，就“呱——呱——”叫了几声，算是报答知音的赞赏。

“特棒！”列那狐啧啧称赞，“真该刮目相看喽！但我觉得你似乎还可以唱上去，高八度。”

吉失灵一向自诩（xǔ）为歌王，便提起精气神儿，又喊了一嗓子。

“更妙啦，”列那狐瞎鼓噪，“音色是那么纯净。你如果忌口不吃核桃，嗓音会更华丽，音域会更宽广。

“听你歌一曲，赛过活神仙！能再唱两句吗？”

吉失灵听到撩拨他虚荣心的话，怎么撑得住呢？吉失灵很高兴能亮亮嗓子。他唱得那么忘情，无意中爪子一松，干酪滑掉了，不偏不倚，恰好落在列那狐爪子上。

但这一位可谓老谋深算，他这顿饭就要吃个全，所以，唾手可得的干酪，碰都不碰，反而挪动身子，瘸着腿一拐一拐走开几步。

“唉，”狐狸叹起苦经来，“我这阵子真不大走运。前几天脚爪划破了，只好窝在这里养伤。听你歌声曼妙，我心头才稍舒烦恼。

“可是，你瞧，不知什么劳什子掉了下来，这气味真够呛，我闻都闻不得。

“而这要命的爪子，一沾地就痛得要命，想走也走不远。劳驾你帮个忙，不然真要把我熏死了，请飞下来，替我把这东西拿走，你不是挺喜欢这羊膻气的玩意儿吗？”

吉失灵舍不得那块干酪，马上飞了下来。脚刚点地，心里顿起疑心，踟蹰不前了。

“怎么？”列那狐柔声细气地说，“你还怕我，我动都动不了啦！”

“谁怕呀？”吉失灵硬逞强称豪，往前走了两步。

列那狐没耐心再等了，一纵身，向乌鸦扑去。但吉失灵还远开了那么一点点，便扑棱棱飞跑了，残留下四根羽毛，还有那块干酪。

“啊，我防着一点，倒防对了。”吉失灵返回本不该离开的树枝，查点损失情况，“我翅膀上尾巴上有四根漂亮羽毛给你抓掉了，你这奸贼、猾狸、棕毛鬼！我真昏了头，会相信你的胡说八道，生了恻隐之心！”

看到吉失灵气呼呼的，列那狐想该先安抚一下，把差点送了乌鸦性命的举动说成不过是动作孟浪了点。但吉失灵不会上第二次当了。他啐了一声：

“这块干酪，就算奉送了。你有这个嚼嚼，可以心满意足啦！别做美梦，把我当你盘里的菜啦！你再哭，我也不会相信你的眼泪了！”

狐狸耸耸肩道：

“得啦，得啦，那我就将就将就，对付对付这块干酪吧。如此美味，难得一尝！”

吉失灵怒冲冲地飞走了，列那狐美滋滋地吃起来。美中不足的是干酪干巴了点，再就是为吉失灵的事好生后悔，倒不是后悔伤了友情，而是没有吃到想象中的美味——乌鸦肉！

第八章　狐狸失策

今儿早上，大黄狗寇多哇吃了一顿精美的早点。还有一长条圆鼓鼓的大腊肠，由于与本故事无关的某种原因，东家认为自己不吃为妙，赏给了他。

打杂的男仆把腊肠拿到寇多哇面前，让他反复观赏，还让他闻闻香味。大黄狗高兴得摇头摆尾，快活得高声尖叫，等着把归他名下的腊肠恩赐下来，哪知可恶的女佣人跑来将肠子一把夺走，放在高高的窗台上。

"现在太早了，"她口气很专横，"待会儿再给他！"

寇多哇惦记着这味美食，馋涎欲滴。但身子给链子锁着，能有什么办法呢？呜咽几声之后，只好默默忍受，趴在地上挨时间。

那大腊肠，还热烘烘的，香味儿飘得特别远。列那狐适逢其会，在这一带闲逛，嗅了嗅空气："咦，好香呀！"

他又好奇又贪馋，想走近去看看，兴许在这诱人的肉味周围，碰巧能弄到一顿中饭。

他没走几步，见到猫伯伯蒙贵在树脚下打瞌睡。

“喂，这一阵阵朝我鼻孔直冲的香味儿，”狐狸问，“是不是从你府上飘出来的？”

猫伯伯眼睛眯开一条缝，脸一仰，就露出一副机灵相。他辨了辨风向：

“嗯，不错，这香味儿，是下人们在替我准备中饭呢。”

蒙贵又很斯文地加上一句：

“阁下倘肯屈尊随我来，说不定还有详情奉告。”

猫伯伯不慌不忙，回身往住处走，列那狐见机跟上。

他们还没到，就听见寇多哇在哼哼唧唧：

“啊，美哉大腊肠，你要是能生脚走下来，才让我高兴呢！”

“怎么啦，寇多哇？”蒙贵出于礼貌，赶上一步探问道。

寇多哇马上把事情经过一五一十告诉猫伯伯，说女佣人多霸道，人家正把腊肠放在他鼻子底下让他闻香味，她却急忙跑来收起肠子，搁到他够不着的高处。

“不过，她倒跟我说定，”大黄狗继续说，“这腊肠是我的中饭。”

猫伯伯跑回去找列那狐，狐狸一见猫伯伯，就咬着他耳朵说：

“依我看，猫伯伯，这寇多哇也够狂的了。你听他是怎么讲这顿中饭的！好像家里就没有你这个人似的。

“我倒有个主意，你若肯助我一臂之力，那腊肠稳可以弄到手，咱们再跑回刚才你休息的大树下，平分秋色，共进午餐，如何？”

蒙贵觉得这想法要得，两人就开始想计谋。

最后商定：蒙贵先进屋去，跳上窗台，把腊肠推下去，列那狐等在近旁，一抢到手，就跑到稍远一点的地方，等他的同党，一起坐地分赃。

一切都像预计的那样，情况好得不能再好。

但大黄狗一看中饭给列那狐抢跑了，惶急起来，叫得差不多背过气去。

猫伯伯看到列那狐抢到就跑，心想这家伙不要不地道，过河拆桥，便大声对大黄狗说：

“我去追那个贼，替你把肠子夺回来！”

列那狐固然狡猾，但猫伯伯更为机敏。他抄一条近路，等列那狐以为胜券在握，腊肠可以独吞时，突然看到自己地下的身影里，还有着猫伯伯的身子，原来这老兄悄没声儿已贴着他跑了一阵了。

列那狐这一惊非同小可，但他不动声色，只是琢磨怎么把这不知趣的家伙打发掉。

猫伯伯也在拼命动脑筋。

还是猫伯伯先开口：

“上哪儿呀？咱们到哪里去共享美味呀？唉，像你这样拿法，再跑下去，咱们就甭吃啦！你用牙咬住，肠子上都沾了你的口水；两头又拖在地上，满是尘土。叫人看了都恶心，真是！至少该让我做个样子给你看看，知道该怎么拿。”

这层愿意效劳的好意，列那狐很不领情。他总以己度人，怕别人也居心不良，耍弄诡计。

他又打量了一下蒙贵，心想猫伯伯扛上这么大一条腊肠，要逃也逃不过他呀。

这样考虑之下，才勉强答应他同党的提议。

猫伯伯接过腊肠，以高雅的姿势，拎起一头，再灵巧地一甩，把肠子撩在自己背上，这样就不再拖在地上了。

“看到了吧，”猫伯伯说，“等我拿累了，你就照这法子拿。你瞧，我没用嘴咬，这干净多了。

“咱们走吧。

“或许到那里去吃，到前面的小山冈上，这样，看得清周围的情形，好防备别人的进袭。”

不等狐狸表示可否，猫伯伯飞快狂奔起来，叫列那狐一阵好撵。

小山冈上，竖着一个十字架。等列那狐跑近时，看到猫伯伯已高高在上，蹲在十字架的横臂上。

“你待在上面干吗呢？”列那狐心里很恼怒，“快下来，咱们对半分。”

“干吗下来呀？”猫伯伯拿腔拿调地，“还是劳你大驾上来，上面更加风光。”

“别废话，这么高我爬不上去，”列那狐气呼呼地说，“你不能不讲信义。再说，这腊肠是教士念经祝颂过的圣物。快扔一半给我。”

“怎么，你喝糊涂啦？”猫伯伯带着揶揄的口吻，“这条腊肠如果是圣物，就更该在此地，在十字架上享用。趴在地上吃，岂不罪过？”

“罪过不罪过，不关你事，”列那狐声嘶力竭地嚷道，

“你只管把我的一份扔下来。”

“要说野蛮，你真够野蛮的了，”猫伯伯开口训他，“把好好的东西往地上扔？我简直不相信自己的耳朵啦！

“再说，把整条腊肠，分开两半，有多可惜！这样吧，咱们订个君子协定。等下次再弄到腊肠，就全归你，我一丁点儿都不要，这还不行？”

“猫伯伯，猫伯伯，”列那狐带着怪怨的口气，“要是连小小一段都舍不得分给我，那你真不够朋友。”

“列那狐，列那狐，”猫伯伯学着狐狸的口气，“我才够朋友呢，我把下次的腊肠整条都奉送给你，既新鲜，又干净，既没沾过你老的口水，也没扑满地上的灰沙。而这条不怎么样的，留下归我，还不够交情？你呀，列那狐，真不知好歹！”

猫伯伯不愿再费口舌，便吃将起来。

弄到这局面，列那狐只有抹眼泪哭鼻子的份儿了。

“哟，你是为你的种种罪孽痛哭吧！”蒙贵顾左右而言他，“我要为你高兴。看你悔恨之意那么强烈，上帝一定会宽宥你的罪过的。”

“你来取笑我，就不对了，猫伯伯！你好好想一想吧，等会儿口渴了，难道还高踞在上，不跳下来？”

“跳下来喝水？”蒙贵故作惊讶地问，“你别存这个念头啦。这里，在我身旁，石条上正巧有个凹坑，积满了上次的雨水。你看，上帝心地多好，真是慈悲为怀！”

“反正你迟早得下来。老子就在这儿坐等！”

“等多久啊，狐狸先生？”

“等上几年都行。我发誓等足七年！”

“七年……噢，我倒要可怜你了，”猫伯伯神情惘然地说，“你想想看，七年里，你空着肚子，颗粒不进……但你既然发了誓，只好一动不动干等啦。”

猫伯伯若无其事地又大嚼起来，列那狐压了一腔怒火，眼鼓鼓地望着他。

突然，狐狸竖起耳朵，神态惊疑不定。

“蒙贵，”他喊道，“你听听看，是什么声音？”

“哟，妙乎……妙哉！”猫伯伯听了暗自高兴，“多半是迎神赛会，他们还在唱圣诗呢。这有多悦耳哟！”

然而，列那狐听得很分明，从远处传来的，是汪汪汪的狗叫，而不是唱诗班的赞歌。

狐狸准备溜了。

“哎，别走哇，”猫伯伯喊住他，“上哪儿去？”

“我暂且告辞。”列那狐悻（xìng）悻地说。

“刚发的誓，就不记得啦？不是要等足七年吗，列那狐？怎么能说话不算数，自食其言呢？”

但狐狸顾不得多听了，扭头就逃。

第九章　爱管闲事的黑尔懵

列那狐斜瞜（lōu）了一眼，看到天上有两只乌鸦。他认出是黑尔懵（mĕng）和她丈夫秃老鸹（guā）。

“明天的吃喝有啦，”狐狸喜在心头，“而且碰上过节，正好把这两个家伙算进我们的菜谱里去。但，两个，怎么才能把他们双双捉到呢？”

他踩着小碎步，颠儿颠儿地，希望颠颠跑跑中蹦出个念头来。他走进一片碧草连天的小树林，突然福至心灵，得了个主意。他又跑上几步，往地上一倒，四仰八叉地瘫在那儿，舌头伸在外面。

这可说是他的故技了，已屡试不爽，相信还会奏效的。

乌鸦太太黑尔懵第一个瞥见列那狐，忙指给秃老鸹看。

“你瞧，躺在那儿的，不是列那狐吗？看样子好像一命归阴了。”

秃老鸹比较有头脑，不那么轻信：“我昨天还看到他活蹦乱跳的呢……”

“死神是不速之客，说来就来的，”黑尔憎用怜悯的声调说，“瞧他那样儿，像是死定了。”

“会不会是睡觉？”秃老鸹这么提示。

“绝不是。闭目而睡，还是瞑目而逝，这我分得清。秃老鸹，你信我的，列那狐肯定一命呜呼了，待我飞近去看一下。”

“还是谨慎一点好，”秃老鸹劝阻道，“要知道列那狐那家伙挺鬼。”

“再鬼，这回也由不得他了……”黑尔憎嘿嘿一笑，“我先飞拢去，瞧瞧他的死脸子。”

说着就往下飞去。乌鸦先生胆小，就在上空盘旋。黑尔憎把翅膀又噗噗扇动两下，挨近列那狐身边才站住。

狡猾的狐狸，屏声敛（liǎn）息，连大气都不出一口。

看到列那狐纹丝不动，黑尔憎胆气更壮了，想听听他还有没有鼻息，便把脑袋凑过去，伸到狐狸牙口大开的嘴边。

说时迟，那时快！

一刹那间，可怜的黑尔憎丢了脑袋，当然也丢了性命！

秃老鸹急得连叫带哭，在上空盘旋低回，悼惜遭难的伴侣。列那狐还无情无义地冲着他说：

“可怜的乌鸦先生，你瞧，女人家都挺好奇。什么都想看看，什么都想知道。但，这一位，现在就不会再好奇了。她这毛病，你不是也常常加以责备的吗？这得谢谢我，帮她把这顽症彻底根除了！

“你要同意，我把她的遗体带回去，造一座坟，你尽可放心，一定造得对得起她，也对得起你这位洁身自好的大丈夫。”

为造这座坟，还需要说什么吗？艾莫丽太太掌勺，准备下种种佐料，小狐狸抢着帮忙，把火生得旺旺的。以灶治庖（páo），葬于腹肠。

这次总算吃到了乌鸦肉。饭刚吃完，桌上还留着残羹剩汁，小白兔朗伯赶巧打门前走过。

在门口透气的列那狐，看到小白兔，便兜拦着问话：

“小伙计，你匆匆忙忙地，干什么去呀？”

“匆匆忙忙”，或许还不足以形容朗伯的神态；小白兔一见狐狸，就胆战心惊，满脸都是惶恐之色！

“我赶回家吃……吃饭，”小白兔结结巴巴地说，两只长耳朵甩得一前一后，“我……饿……饿极了，一直没空吃……吃饭。”

“那请进请进，好朋友，”列那狐显得十分好客，“你肯坐到我家饭桌前，就是赏脸呀。这里没太多东西好敬客，就随便吃点儿点心，几个水果，一把嫩草，或许更合你胃口。”

说真的，小白兔一点儿不想进狐狸的家。他家的东西，岂是容易下咽的？！这是非之地，朗伯此刻唯恐避之不及。

但正是由于这种惧怕心理，他对狐狸的邀请，不敢失礼，不敢违拗，忙不迭表示感谢，半推半就进了狐狸窝。列那狐请小白兔在安乐椅里刚落座，艾莫丽就端来一碟樱桃。朗伯一颗心怦怦乱跳，怯生生地捡起一颗樱桃要往嘴里送。

这时，狐赛尔进屋来。他是小馋嘴，凡有好吃的东西，从来不肯放过。他想看看朗伯在吃什么，便朝桌子走去。

吓得六神无主的小白兔，两只长耳朵不知怎么回事，像上足发条似的，陡地往下一倒，劈在狐赛尔头上，这小狐狸作势嚎叫起来。

这等于一声信号。

列那狐马上朝小白兔扑去，拳打脚踢，无所不至。可怜的朗伯，眼前金星直冒，鼻子鲜血直流，正是性命交关！

小白兔吓得要死，憋足全身力气，腾地跳出圈子，列那狐倒一愣，没料到朗伯有此绝招。

小白兔趁狐狸发愣之际，纵跳如飞，三脚两步，奔进树林，一下子逃得无影无踪。

这样，才免了杀身之祸。

第十章 第十张狐皮

列那狐决定出次远门。他去无定向，先走了再说。原因之一，是怕夷桑干寻衅报复，艾莫丽太太竭力劝丈夫暂且避避风头，免得发生冲突。

风和日丽，列那狐跑跑颠颠，心情倒也开朗起来。他在矮树丛里逮到几只迷途的小鸡——那是老母鸡带出来遛弯时粗心丢失的——当顿中饭，又喝了几口清凉的泉水，接着继续赶路。

有位表兄已好久不见，不如趁此机会，联络联络感情，前去拜访一下。

离那表兄住处不远，有座很大的庄园，住着一位有钱的领主。据说此公专好打猎，作为邻居倒该提防着点儿。不过，他的家禽场里，鸡鸭成群，稍为机灵一点，就能弄到不少好处。他表兄认为，权衡利弊，即使冒点风险，也还值得。

列那狐想：哪一桩事不要冒险呀。就算不去跟这位高邻攀交情，只跟他那些鸡呀鸭的打打交道，就足以把孤栖寂寥的客居变成花团锦簇的乐园了。

心里存了这个想法，狐狸跑得更欢了。

这时走进一片苍翠欲滴的树林，益发羡慕这位老表的福分，拥有如此华美的产业。

漠北堆一带，哪能跟这膏腴（yú）之地相比呢？

狐狸正在远思遐想，盘算怎么把家也搬来，突然听到近处犬吠、人喊、马嘶之声，铁骑直冲，一派围猎的架势。

他顿时觉得危险近在咫尺了。

事出仓促，加上人地生疏，一时倒有点儿着慌。

那伙猎户已看到他。“抓狐狸！抓狐狸”的喊声，突然打破森林的寂静，从四面八方逼仄而来，听得列那狐毛发直竖。

他像箭一样往前直蹿，跑出一大段路，再用他的老办法，东转西拐绕弯儿。

可是，猎手不少，猎犬更多，而且全都懂行，知道怎么围猎，很快让列那狐陷于重重包围之中，只有通城门的吊桥那边，还网开一面。他不假思索，像一阵风，跑过吊桥。领主见了大为高兴，直嚷嚷：

“这下逃不掉，好抓了。”

说是好抓，但列那狐一进城堡，便四顾不见了。等大队人马赶到，根本找不到狐狸的踪迹，倒像幽灵一般消失在宅院里了。

大家分头寻找，从地窖到顶楼，所有房间、灶间、墙旮旯儿，都全无影踪。床铺上面，桌子底下，贮藏柜里和面粉缸内，都影踪全无。

“真是！”领主眼看丢了这么华贵的皮料，大为恼火，“会到哪里去呢？这狐狸难道真的成精了？我可不愿弄个鬼在家里，这邪祟（suì）非驱除不可。”

“怎么一晃就不见影儿了呢？”他手下那帮猎户也纳闷，“按理说，吊桥一拉起来，狐狸就逃不脱了。莫非钻到地下去了？只要不上天入地，还不是瓮（wèng）中捉鳖（biē）！”

于是重新翻箱倒柜，忙得不亦乐乎。天都黑透了，几个大好佬[1]发起性子来，还要找下去，领主发话道：

①“好佬”是流行在苏北、鲁南的方言，有霸道和无赖两层意思。——编者注

“今天够咱们折腾的了。先吃晚饭，长点气力。不过说来叫人不信，难道这狐狸有隐身术？我还打他那张皮的主意，想今冬做件暖暖和和的皮袄呢。明天一定得想法捉到。”

这晚上的谈话，尽在揣（chuǎi）测狐狸的去向。女太太们讥笑猎人无用，猎人涨红了脸，发誓明天非报仇雪耻不可。

第二天一早，他们又整队出去打猎。刚出城堡，走到树林子边，就看到列那狐箕踞（jī jù）而坐，早已恭候在那里了。

这次，是狐狸牵着他们的鼻子跑。还像昨天那样，他拐来拐去，把猎人和猎犬引向通往城堡的吊桥。

也像昨天那样，他跑着跑着就无影无踪了。

一连三天，狐狸净拿他们寻开心。一清早看到他在树林子边上透气，你要追他呢，追追就不见踪影了。城堡里的人，都说是活见鬼。

第四天，一位身份高贵的亲戚来访，领主忙着招待贵客，陪着出去打猎。这时正是打野猪的季节，所以把狐狸的事暂且搁过一边。哪知晚上回来，看到列那狐端坐在树林子边，好像专程在恭候他们似的。猎人一见狐狸，又追赶起来。

像前几次一样，狐狸一进城堡，就不知去向了。这对新来的客人真是大有趣味的话题。

主人为款待嘉宾，张筵设席，打来的山鹿野禽成了席上的珍馐（xiū）美味。

那贵客坐进安乐椅，把身子往后一仰，抬眼一看：

“哟，多好的狐皮，居然有十张！你想添加进去的那张，毛色也有这么好吗？”

“哪来的十张？”东道主听到数目有点纳闷，“一共才九张。”

话音未落，就听到门外有暗哑的乞叫声。贵客歉然一笑，说：

“噢，是我的狼犬。此狗可谓义犬，我到哪儿就跟到哪儿。”说着向女主人致意，“请准许放他进来。他习惯躺在我脚边。”

仆人看到主人示意，马上去开门，但那狼犬并没跑到贵宾脚边，却朝着屋顶的狐皮像疯狗一样狂叫。

“怎么回事？”领主感到奇怪，“原先是九张，怎么成了十张？”

猎户头目走近去，看到有张狐狸皮像在呼吸，而且不光是张皮，还皮包骨头，有血有肉！

“哟，邪门儿，领主大人，那上面，那些狐狸皮中间，挤着那只叫我们好找的活狐狸！你瞧，可不是，他吊在上面装死。但这次，别叫他再逃掉！”

猎头踩在凳上伸手去抓狐狸，却给狐狸狠命咬了一口。趁饭厅里乱成一团之际，列那狐一溜烟夺门而逃。

等想到要拉起吊桥，为时已晚，列那狐早已跑出很远去了。

狐狸煞是高兴：这帮打猎的行家里手给他一番好耍！

表兄也无心去找了，他折路回家，急巴巴要把这桩调皮捣蛋事儿，向老婆儿子好好吹吹！

第十一章 奇怪的梦

列那狐再次出门远游。

天气晴和，郊野的景色也更加明丽，叫人看了心里不由得高兴起来。

列那狐就这样兴冲冲地，贴着密密簇簇的树林，嗒啦嗒啦地尽跑，决心一直跑下去，直到寻得大量食物为止。

跑着跑着，忽然到了一个完全陌生的地方。好可爱，一片青翠！花草树木之间，流着曲曲弯弯的溪流，发出淙淙琤（chēng）琤的水声，把个列那狐看得羡慕煞了。更不要说前面便是偌大一个农场，农场的一角用篱笆圈出一个果园，果园里欢声笑语，有一群鸡正在尽情嬉戏追逐。——那是他们的安身之地。

偷偷一瞄：公鸡、母鸡、毛茸茸的小鸡，闹纷纷的一片。

列那狐看到眼前摆着这么丰盛的一份菜单，激动得直舔（tiǎn）嘴唇。

只要略施小计，还不就钻进这个乐园？但为了拟个周密的行动方案，狐狸在篱笆后面先躺下想计谋。

近旁正好有几只母鸡在啄食。其中一只叫娉（pīng）特，生的蛋光洁可爱，特别招农场主喜欢；而她在鸡群里也颇受尊重，因为只有她会解梦，好做乱梦的人非常赏识她这手本领。

列那狐靠着篱笆，弄出了点响动，吓得几只母鸡失惊打怪、乱叫乱嚷。

于是，金色羽毛的大公鸡——叫天晓，马上走了拢来。

“怎么啦？什么事？”大公鸡喝问道。

“外边有窸里窣落的声音，”娉特说，“我还看到篱笆后面有对绿莹莹的贼眼。说不定有坏东西在窥伺，叫天晓，这儿有危险。”

说罢，母鸡们又惊叫起来，叫天晓费了牛劲才把她们稳住。

“篱笆挺结实，还是不久前新编的，”大公鸡说，“能有什么危险？你们别庸人自扰，自己吓自己。

“但是娉特，你正好在，我倒有点事要请教。

“刚才你们扯开嗓子喊的时候——那是白喊，我在小屋顶上晒太阳，打盹做了个梦。那梦挺不是味儿，亏得给你们喊醒了。

“娉特，我先把梦讲一讲，你再替我解一解，好吗？”

“极愿为阁下效劳！”娉特回答得很爽脆。

“是这样的，”叫天晓说，“我梦里正在吃新谷，这时看到走来一头怪兽。他披着一件黄褐色的皮袍，硬要把那皮袍送我。我推辞了半天，说这袍子太大；再说我习惯穿轻软的羽毛，满身硬毛扎皮肉不舒服。但那陌生家伙十分蛮横，非要我穿上不可。

“而那皮袍，式样可怪哩！我横套竖套，套了半天才把头套进去，那上面的璎珞（yīng luò）装饰刮得我生痛：又白，又尖，又硬，形状也不规整，我从来没戴过这种首饰。皮袍的毛露在外面，有的地方非常紧，穿上后挺难受，即使你们乱喊乱叫不把我闹醒，那袍子箍在身上也会把我痛醒。

“这个怪梦，弄得我心惊肉跳。不知你娉特是怎么看的？”

“你倒是该心惊肉跳才是，”娉特点点头说，“这确实是个噩梦。照惯常说法，你当有血光之灾。

“你看，我都替你难过呢。

“硬要你穿上身的那件皮袍，必定是要加害于你的那个畜生的东西；他要吃你，也必定是先咬你的头。

“至于又白又尖的璎珞装饰，那是他白厉厉尖棱棱的牙齿。你感到痛，是他把你钳（qián）在嘴里的缘故。

“啊，叫天晓，这可怕的梦里含有一种训示，告诫你近来凡事要格外小心。

“你虽则不信，但近在眼前，这篱笆后面，怕就有坏东西隐伏在那里，我都看到他那贼溜溜绿莹莹的眼珠子了。咱们该朝正院那边走走，这样安全一点。

“否则，叫天晓，不到中午，恐怕你就要‘黄袍’加身了。”

“别胡说了，娉特，”叫天晓耸耸肩膀说，“这儿是咱们自己的家园，还有什么不安全的？我听你的，记着不到大路上去，不就得了！大路上嘛，说不定会遇到害人东西。

“谢谢你，娉特，我的鸡美人，经你这么一说，我会随时注意的。”

说罢，叫天晓朝不远处的肥料堆走去，想躺在上面再寻他的白日梦。

叫天晓是乐天派，什么都不以为意。但娉特和别的母鸡还是决定往里走，一边咯咯咯叫着觅食，一边朝正院走去，把叫天晓留在那里自顾自睡觉。

列那狐隔着篱笆，刚才的谈话全听进去了，觉得挺有趣，想到叫天晓要皮袍加身，喉咙都觉得痒滋滋的。

叫天晓挺自在地趴在肥料堆上。篱笆不很高，碍不着列那狐瞅见大公鸡金金亮亮的羽毛。

把奔跑的冲力算准，腾高一跳，凌空跃起，或许轻轻巧巧就落在大公鸡身上，像他梦里一样，给他来个“黄袍”加身！

于是，列那狐往后退几步，算好距离，然后猛冲，弹跳起身，可是不巧，失足跌在叫天晓身边。大公鸡猛地醒来，急得直拍翅膀，喔喔乱叫的声音好像给什么卡住了喉咙。

列那狐就有睁眼说瞎话的本事，马上胡编一套：

“啊，堂弟，在这儿见到你，真是幸会！令尊大人我曾叩见多次，他跟先父还是拜把弟兄呢。今天相遇，真是三生有幸啊！”

谁知狐狸一番美言，竟把大公鸡听得迷惘起来。可不是，一个人嘴里能说出这么甜蜜的话语，心里还能存什么奸刁的主意？但事情已清楚不过，列那狐，不折不扣，就是大公鸡梦中要给他穿黄袍的那个陌生家伙。听了这位新认的堂兄大而无当的奉承话，叫天晓便不信天下还有什么恶事了。

“你真是一表人才，”狐狸继续灌迷汤，“比令尊大人还英俊；令尊已是鸡族的骄傲、农场的荣耀了。

“他那美妙的歌喉，真叫人百听不厌。或许你也秉承他这种天赋？”

叫天晓咳嗽一下，清清嗓子，有意叫这位行家鉴赏鉴赏。

他先亮出几个尖厉的音符，列那狐连连点头，频频称赞：

“不错，不错，就是这味儿！记得令尊大人说过，只有闭着眼睛专心唱，才能把他那条好嗓子的全部妙处唱出来；你或许也这样？这唱法有点别致，是不是？但唯有这样唱，才能叫举座皆惊呢！”

哦，娉特，你明智的劝告、谨慎的提示，早已给抛到了九霄云外！骄傲与虚荣，难道真要断送尽天下人？！

听了狐狸的花言巧语，叫天晓不再有丝毫的游移。最后一点戒心，也随之烟消云散。他闭起眼睛，开始生平最精彩的演唱。

列那狐趁机一扑，把大公鸡一口叼走了！

远处的娉特，看到了这一幕。

她拍翅高叫，弄出很大声响。女仆、雇工，还有农场主，闻声赶来。

农场主直怪女佣人眼睁睁看着狐狸把家里的鸡王叼走。

可怜的女仆，除了喊救兵，还能要她干什么呢？

众人不约而同紧追不舍，但怎么追得上狐狸和他叼走的公鸡呢。那真渺茫得很！

列那狐早已把他们拉下一段距离，一上大路，更是撒腿朝树林飞奔。

叫天晓给狐狸钳在嘴里，痛不欲生，感到末日将临。不过，他倒还有精神去引引这拐子：

“他们追来，你怎么不撂两句俏皮话过去，气气他们？

“啊，娉特，料事如神的娉特，你会说，可不，我给套上了皮袍！”

列那狐跑一步，叫天晓哼一句：“可不，可不……”唠叨得狐狸忍不住学他的腔，有意寒碜他：

“可不，终究还是套上了皮袍！”

列那狐虽然鬼精鬼精的，抿着嘴巴说话，但牙缝还是隙开了一点，正好给大公鸡以可乘之机。不过，好不容易从狐口逃命，也让他付出不小的代价，留下的羽毛就有好几撮。

身姿威武不威武也顾不得了，噗噜噜便朝就近一棵矮树扑去。等站定脚跟，抖抖翅膀，理理散乱的羽毛，才回敬道：

“啊，亲爱的堂兄，你皮袍上的璎珞好硌（gè）人哟！我可再也不敢高攀，跟你称兄道弟了！歌也不敢随便唱了，以后连睡觉都得睁一只眼才是。”

“而我，”狐狸的怨气也不小，“以后说话也要闭紧嘴巴不漏风。”

看看农庄里放出来的猎犬已追近来，列那狐暂且还不想把自己身上这件皮袍送给他们做见面礼，便夹着尾巴，败兴而回。

区区公鸡一只，本来不在话下，居然会上他的当，对列那狐真是奇耻大辱！

第十二章　假传圣旨

列那狐以为叫天晓好欺，不想事迹败露，相当懊恼。但果园里鸡族兴旺，追逐嬉戏的景象，时常兜上心来，萦旋脑际。

那些又肥又嫩的母鸡，叫人怎能忘怀？上次仓促上阵，什么好处都没得到。那里真可以带回不少鲜嫩的鸡肉，让艾莫丽和孩子们饱饱口福。

列那狐思来想去，认为这么丰裕的鸡场不该弃而不顾，尤其不能留给农场主一人独享！

再说，他跟叫天晓还有个人恩怨，就是说，有口恶气要出：他本人给搞得威风扫地暂且不说，但狐族的面子非挽回不可。

想到上次出师不利，列那狐觉得抬不起头来。那些爱嚼舌根的老母鸡，准会咯咯咯，叽叽叽，讲那档子事，把他的聪敏机灵糟蹋得不成样子，想起来就发毛。

所以该打回那个伊甸园去，报仇雪耻，重振雄风，尤其该大嚼几顿，消消心头的窝囊气！

这样思量下来，列那狐就在春天的一个早晨，重新踏上征途，朝叫天晓和娉特的住地进军，要拿出点颜色给他们看看。

他走近果园时，叫天晓正高踞在篱笆上，对着金色的朝阳和碧蓝的天空，啼唱轻快的曲调，赞颂生活的欢欣。

但这愉悦之音，等叫天晓一眼瞥见列那狐，就像炭火上泼了一桶冷水，戛然而止。

大公鸡噗噗拍打翅膀，准备从高处往下跳。列那狐自己忙先止步，同时做手势拦挡叫天晓，把声音放得十分柔媚，说出一大篇漂亮话来。

“干吗要逃，亲爱的堂弟？”狐狸说，“自家弟兄，你还信不过我？

“啊，你一定还记着我们那天开的玩笑？嗯，先父可不是说对了，他对尊翁说过，真正懂得开玩笑的人，实在寥寥无几！你随便打趣一下吧，别人就当了真了。

“就说那一天吧，你那金色的羽毛，那美妙的歌喉，叫我赞叹不已，很想让内人艾莫丽太太也赏鉴赏鉴。当然，以你我身份，本该礼数周全，盛情邀请，但我这愿望太急切了点，一时失了计较，把你当宝贝一样噙(qín)在嘴里，提了回去。可你趁我不备，脱身逃掉，啊，叫天晓，叫天晓，你这态度叫我好不难过！”

大公鸡听得迷糊起来，不知该信什么好。全信他的？当然不是！所以倾向于略加怀疑，但又感到有点不好意思，便辩解道：

“你这种操之过急的做法，在我们鸡族看来，实在很不相宜。所以，小的很可能误解尊意。另外，也怪我做的梦，弄得我神经很紧张，又给娉特一解，叫我愈加疑神疑鬼了。”

“得啦，”列那狐很宽宏，“甭提了。陈年旧账，拉倒不就算啦。

“今日之下，欣逢盛世，不兴自相残杀了。你看，这是王上的和平诏书，是他御爪亲署的，并且写明：钦此钦遵，诏至奉行！

“厮杀已经废止。我们大家要相亲相爱，各不侵犯。

我们伟大的狮王正着意于开创这种升平气象。

“至于咱们之间，叫天晓，告诉你，在这天下太平的喜庆日子里，我对自己所有罪过已表示忏悔，并许下愿心，这辈子再也不杀生不吃肉了。守斋、节食、诵经、祈祷，就是我今后的归宿。

“你瞧，我这就朝河边走去，虔虔诚诚念我的经。刚才是因为路过，顺便来报告你们这个大好消息。”

“当真？”叫天晓比较轻信，不觉高兴起来，“这么说来，现在凭王上的诏书，咱们可以自由走动，自由来往啦。这堵围墙有时真像牢狱，只为胆怯怕事，大家才不敢越雷池一步。眼下可以不受篱笆限制，跑得远远的了！

“啊，亲爱的堂兄，谢谢你带来了福音！”

叫天晓扯起嗓子喊道：

“娉特，考白，丝波特……”

听到喊声，满场的鸡，扑腾着翅膀飞快赶来。

凡叫天晓喊自己亲人，必定有什么好消息要报告。

今天是宣布两件大事：一是天下由乱及治，从此可以相安无事；二是列那狐洗心革面，开始吃素念经了。

狐狸这时正道貌岸然，手捧祷告书，朝远处走去。

叫天晓想起前两天自己还怨责列那狐，说了良善的狐狸不少坏话，心里感到一阵内疚。

娉特向来比较谨慎，不禁问道：

“靠得住吗，叫天晓？”

“这是有根有据的事，王上的诏书我都亲眼看到了。那列那狐，还拍着胸脯赌咒发誓呢。

“咱们这下自由啦！可以到前面那块大草地去啦，那儿虫子呀，谷子呀，多得是，咱们也可以换换口味了。来，来，跟我来！”

叫天晓扑棱棱跳到地上，霎（shà）时间，后面挤挤挨挨跟着一大群鸡公鸡婆鸡崽子。

娉特、她妹妹丝波特和小妹考白殿后，走在这杂沓的一群的末尾。考白者，考其名字就因为长得白，性情又温驯，所以在鸡群里备受钟爱。

叫天晓的十四个孩子也在队伍里，都是当年孵育的，小雄鸡个个精神，小母鸡都很娇嫩。

大伙兴高采烈，去见见世面，以前对他们都是重门深禁的，现在可以任情地飞，任情地蹦，任情地叫了！

列那狐坐在一丛矮树的阴影下，好像一心在读经书，其实是躲在暗处窥伺鸡群的嬉闹。

一只童子鸡，算他倒运，一步步走将来，走到离列那狐一臂远的地方，还没来得及叫一声，死亡的厄运就已降临到他的头上。

这番手脚，谁也没有看到。接着，同样的命运，在叫天晓第二、第三个儿子身上重演了。还有他女儿，也一个复一个，走上了黄泉路。

唉，人各有命。是命运把他们引到这儿来，早早结束了幼小的生命。

突然间，叫天晓和娉特感到似乎有点异样。叫天晓喊了几声，想把全家召齐，但总缺几个。他情见乎辞，喊声更为惊惶，鸡群开始骚乱起来。雄的，雌的，大的，小的，咯咯叫的咯咯叫，拍翅膀的拍翅膀，奔拢来围成一团。

但数目就是不全。

列那狐做过几次手脚，没有露出破绽，得意忘形起来，再加嗜血之余，杀性复起，看到鸡群乱奔乱钻，觉得机会难得，索性摘下假面具，冲进阵去，用牙齿咬，用爪子撕，杀得昏天黑地，死伤狼藉。

这里闹得沸反盈天，少不得惊动农场里的人。

他们跑来一看，一场大屠杀真是为祸惨烈，急忙放狗来追。

列那狐当然不会等在那里俯首就擒。临走之前，还把近处的考白抓来咬死，想当最后的战利品带回家去。

但为自身安全计，不得已只扯下一只鸡翅膀，叼着逃之夭夭。

因为饱餐之后，肚子沉甸甸的，有些跑不快，有一刻真担心会给后面的狼狗追上。但他灵机一动，拐了一个弯，踅（xué）进一所修道院，里面的长老是他的老相识。

看到大门洞开，他倏地蹿了进去，这时看门人正好出来把门掩上。

列那狐总算绝处逢生，真悬哪！

第十三章　修道院避难

列那狐猛跑之后还直喘气，便强自镇静，拿出安闲的神色，缓步穿过修道院的院子。

遇见一位小修士，他马上探问能不能叩见堂·裴奈长老，说有紧要事奉告。

裴奈长老，列那狐跟他结识时还叫裴奈犟（jiàng）驴，算不得知交，但裴奈为人谨厚，性情温良，只是脾气有点倔。“堂”是贵族头衔；姓前加“堂”，以示尊仰，列那狐不失时机拍上一拍。

裴奈长老出阶相迎，见是列那狐，便顿露喜色：

“啊，稀客稀客，原来是你。我们这清静墙院，有劳枉驾，不知有何见教。”

“师父，”狐狸上前躬身道，“弟子愿到这儿，志诚修行，离弃尘世；躲仇避祸，一心奉教。弟子自知罪孽深重，愿意改邪归正，求得上天宽宥。”

“善哉，善哉！”裴奈长老答道，“但弟子须知，修道院里，生活清苦；世间乐事，俱须摒绝。敢问山珍海味、鲜鱼嫩肉，你能割舍否？……”

列那狐刚囫囵吞下好多鸡雏（chú），撑得难受，接口说：“肉我都腻了，不想吃了。”

这倒是实话。不过要说清楚，这只是指此时此刻而言。但干吗老去想明天呢？今天的事，还不够咱们操心的！

如此这般，列那狐便在修道院安顿下来。

当天，就念经祷告。他处处用心在意，跟从师兄，一起做弥撒。晚餐很菲薄，正对他胃口。

第二天，还算太平。

晨兴绝早，他就跟着做早课。

中饭不甚丰盛，他入乡随俗，有啥吃啥。

晚上，胃口好了一点，肉食还提不起兴致，只把修道院那只鹦鹉抓来嚼上几口咽下肚去，聊以解馋。鹦鹉有了年头，不大咬得动，但他很能将就，并不挑剔。

这鹦鹉是师兄们的宠物，害得他们好找。列那狐居然也攀凑进去，表示忧伤，甚至忘乎所以，矢口称赞起死者的品质，说虽则相知不深，但颇为赏识云云。

又过了两天，这位新修士觉得度日如年，饿干瘪了。

前不久，有位信徒送来几只生蛋的母鸡。列那狐动动脑筋，解决了其中两只而没被发现。

那天，他正要向第三只开刀，不巧给把门的撞见了，声张起来，引得全院修士都跑了拢来。走在前头的是裴奈长老，冲着狐狸怒斥道：

“奸贼，你混进教门，原来是来干这种好事！你的手段万变不离其宗……蠢啊，我会上你这小拐子的当。假惺惺的坏蛋、骗子……”

“好啦，好啦，”列那狐含讥带讽地说，“求师父持重一点，别发那么大火，免得失了本性。

“我也没法！弟子刚进教会，总要容忍弟子做错一两桩事嘛。得理不让人，悔过自新的机会一次都不给，不免有失宽厚。

“说真的，吃素守斋，我多少已习惯下来了。那两只鸡压在我良心上的分量，比搁在胃里还重。

“请原谅我这小小的过错，行个方便，但肯收留，

我自会返璞归真。”

但裴奈长老，说句不尊重的话，只觉得这件事挠头，他也不会多理论，咬定列那狐会带坏新道友，而且几天观察下来，觉得这狐儿根本不宜过清教徒生活。

所以，照裴奈长老的意思，狐狸还是还俗好，自己回家好好反省反省。

于是，列那狐给逐出教门，遣回漠北堆，但他压根儿没想到就要大祸临头，落到性命难保的地步。

第十四章　御前会议

天时晴和，春色怡人。蓝湛湛的天空里，照着红艳艳的太阳。芳原绿野，花枝鲜妍。更兼蜂蝶低飞轻舞，鸟雀婉转娇啼。真是一派好景，旖旎风光。

狮王诺博尔正是选取这个节令，召集御前会议。诸多聚讼纷纭的事，须由他来秉公裁定。

这年的御前会议，尤其非开不可，因为关涉某位大臣，颇有些令人不快的闲话，传进禁苑深宫，一直传到国君耳里。

狮后菲娅尔，气度高华，根本不屑理会："无非是些背前面后的闲言碎语罢了。"

然而，作为仁民爱物的君王，却不能这样意气用事。那位臣子或许是妄受攻讦（jié），或许是横遭忌恨，总该给他本人以辩白的机会。

狮王当然知道，有些权臣气量狭小，手段尤为卑劣，谁个得宠，别人就会因妒生忌，因忌作恶，而这恶意一旦引开了头，便一发不可收拾。

所以应该明辨是非，善断曲直，即使不为当事人着想，也得为国泰民安的大局考虑。

召集御前会议的事，国王早已差遣蜗牛沓地佚晓谕臣民，一体知悉。

蜗牛领旨，慢慢悠悠，居然挨门逐户，一一都通知到。

到正日那天一清早，飞禽走兽，各自上道，入朝赴会。

狮王气宇轩昂，驾坐大树荫下；狮夫人陪坐一旁，相并临朝。

狮王在上，受百兽朝贺。陆续来到的，计有：大灰狼夷桑干，坐山雕摩福拉，麋鹿毕希迈，山獾格灵贝，狗熊勃朗，野猪百俊，冠带猴，铁丁马，呼噜牛，蟋蟀佛洛贝，刺猬挨篦奈，野兔窟（kū）挖儿，猫伯伯蒙贵，大黄狗寇多哇，以及虎、豹，还有路过观光的骆驼等。

国王的祭司——绵羊裴羚，主管点名签到。

裴羚注意到，大公鸡叫天晓尚未入朝，列那狐也不见踪影。

叫天晓尚未入朝，只说明他还没跪倒在狮王脚前。

列那狐不到，事态就严重了。这一阵子，许多流言不都是围绕着他嘛。好多上不得台面的事，往往都牵扯到他的大名。

今天缺席，正好证明他做贼心虚。

不敢来，怕什么呢？

不来事小，但列那狐肯定没想到后果会严重到什么地步，一班同僚会卑鄙到什么程度。他枉为明达圆滑，这下显得智穷计短了。

他在这里一站，肯定没人敢说三道四。

一缺席，就有好戏可看了。

事端是大灰狼夷桑干挑起的。

当时，狮王说朝廷重臣列那狐还没到，提议稍等片刻，夷桑干便阴阳怪气地说：

“想必他不敢来吧！这家伙作奸犯科，恶贯满盈，知道有人告状，要求伸张正义，便打退堂鼓了。”

“请大王替我们伸张正义！”好几个含冤叫屈的声

音跟着嚷起来。

“我既说开了头，那就说到底吧，”大灰狼接着说，“我要告他出了许多鬼点子，哄我跟他去冒险，结果好处全是他的，倒霉事儿准落到我头上。

“就说钓鱼的事吧。列那狐叫我蹲在结冰的湖上，害得我尾巴给冻住了，乡下人赶来，我丢了尾巴，才捡得一命……”

山獾格灵贝是列那狐的内侄儿，他很顾亲情，没等大灰狼说完，便越众而出，要为狐狸仗义执言：

“缺席不到的,给人栽冤,也没法儿给自己辩白啦!

“夷桑干，你只顾数落人家，忘了说说你自己干的坏事了。你声称报复，设计陷害我老叔的事也不是一件两件。你怎么不说叫他去冒生命危险，替你弄鱼吃，而你却风卷残云，只剩些骨头给他。还有……”

但山獾的话，突然给粗暴地打断了。

原来是大黄狗寇多哇狺（yín）狺狂吠起来：

“我要说，我是铁定了心跟大灰狼的，因为夷桑干是我表叔。列那狐那家伙不讲信义。这里要讲一讲我那条腊肠的事……”

这时，猫伯伯气派十足地走到大黄狗面前：

“别放你的狗屁啦！我不偏向列那狐，要说告状，我也有几状要告他。但就事论事，寇多哇，那桩官司，对你未必有利！那条腊肠，又不是你凭本事挣来的。蹲在窗底下呜咽两声，就归你啦？”

“那女佣人说定是留给我的。”寇多哇带着哭声说。

“要知道那条腊肠碰巧落在列那狐头上，狐狸便认为是老天爷的恩典啦。再说，腊肠上又没有写上你寇多哇的狗名！

“而我跟列那狐倒着实较量了一番，跑出好多好多路，才赢得这条腊肠。是我赢，归我吃，这才天公地道！”

狮王听了这番解释，感到满意。照此说来，列那狐不像传说那样十恶不赦。

这桩公案，就这样搁过一边。

狮后菲娅尔顺水推舟，不持异议，只傲然说：

“这点家长里短的事，根本不值一提。这类芝麻大的官司，王上，咱们离得远远的才好！”

所有禽兽正七嘴八舌议论纷纷，陡（dǒu）然间都噤声不语了。

一时鸦雀无声。

只见大路上走来一行奇特的队伍。

打头的，是大公鸡叫天晓，娉特和丝波特各在一旁搀扶；后面是张担架，树叶下隐隐约约显出一个身形。四只精壮的小公鸡抬着担架，哭哭啼啼而来。

这一行人众，愁云惨雾，气象肃穆，把全场都镇住了，无人吱声。

众目睽（kuí）睽，等着下文。

叫天晓走到御座前，深深一躬道：

“大王，请为我们主持公道，报仇雪耻！

“我们那儿出了特大凶杀案，手段可谓卑鄙至极。

“我们一大家子和和乐乐，住在农场主托我们照管的果园里。公鸡报晓，母鸡生蛋，非常尽职。

“这位娉特，是国内的生蛋能手，也能解梦，还有多种别的本领。她有两个妹妹：一个是丝波特，就是那位；另一个是考白，最有风趣，也是最讨人喜欢的纯白母鸡。

“我们安居乐业，不料一天，来了个奸诈之徒，大王，他以你的名义……”

“以我的名义？”狮王一听勃然大怒。

“是的，以你的名义，因为他拿出一份和平诏书，上面有你御爪画押签字的，说大家从此相安无事，互不侵越。

“我们信以为真，所以，这奸贼告诉我们可以走出鸡棚去，大伙也不疑心，就照办了。我们忙忙叨叨还没弄明白是怎么回事，我可怜的几个孩儿，转眼之间就不见了，填了那骗子的肚子啦。

“到后来，那家伙丧心病狂，朝我们猛扑过来，追得我们躲避不迭，鸡飞蛋打；等庄上的狼犬闻声赶来，无辜的考白已给咬死，只救得她的残骸。”

说到这里，叫天晓甩开娉特和丝波特，扑向担架，拨开树叶，露出考白伤残的躯体。

顿时，众怒汹汹，怨声载道。

狮夫人听到这里，也泪滴心酸。

娉特和丝波特失声痛哭起来，一边痛不欲生地频频扯自己的羽毛，一边呼天抢地地嚷道：

“还我公道，还我公道！”

叫天晓用清亮的嗓音哀恳道：

“请大王替小民做主，讨还血债！”

“有仇必报，杀人抵命！”所有兽类都跟着鼓噪。

狮王一听就心中有数，但还是假装不知道地说：

“岂有此理！这卑鄙事儿，是哪个干的？”

“还不是列——那——狐——！”叫天晓喊出这名字，好像长长出了口冤气。

于是，大呼小叫，更加热闹了。

狮王从宝座上站起来，威严地说：

“有罪必罚，决不宽贷。但做出判决之前，朝廷理应听取被告本人申辩。这最起码的权利，是任何犯人都该有的。”

话音未落，格灵贝重新向前一步对狮王说：

“陛下，微臣不敢不言。没有真凭实据，平白无故告人，还不容易？现在，但凡坏事，都一股脑儿推到列那狐头上。然而，据微臣所知，几天之前，列那狐已进修道院修行，怎么可能在外面犯罪作恶呢？”

狮王若有所思：

“噢，列那狐已经进了修道院？”

“不，列那狐已经出了修道院。”裴奈长老马上出来澄清事实。

“这狐儿信教既不虔心，肉食又不肯戒忌，敝长老怕他带坏新来的修士，只好把他革出教门。此刻，列那狐早已无事家中卧了。”

格灵贝巧言辩驳，说到那狐彼时正在修道院，不可能出来滥杀无辜。

但把时间一对证，事情就再清楚不过了。

看来列那狐罪大恶极，理应受审，弄不好还得明正典刑。

狮王传旨：“宣列那狐立即上殿。”问到谁愿前去传令，却个个缩头抱颈，抓耳挠腮，不那么踊跃了。

最后，愣头愣脑的狗熊勃朗自告奋勇，愿为王上效劳，亲赴漠北堆。

狮王临行叮嘱："这件事上，得处处小心。你要比谨慎还谨慎，比狡黠还狡黠。须知列那狐诡计多端，他会投你所好，叫你上当。"

"大王不必过虑，"狗熊大声答奏，"谅我勃朗也非黄口小儿，还怕他弄手段？不把狐狸扯上朝来，我就不叫勃朗。"

狮王大悦，嘱咐他见机行事。又转向满朝官员说："勃朗这就去告诉狐狸我的旨意，我们在这里替考白举哀发丧，优礼厚葬，以慰死者家属。"

勃朗重任在肩，意气甚豪，兴冲冲地走了。

狮王诺博尔，与裴羚祭司和裴奈长老，在一边议事不提。

第十五章　狗熊出使记

狗熊勃朗独自前往列那狐的宅第——漠北堆。

道又崎岖，路又长，勃朗跋山涉水，走得浑身燥热。

列那狐，加上有孩子帮忙，依顺家前屋后的地形，巧加经营，故布疑阵，把住处掩蔽起来，跑来寻衅的家伙，往往不得其门而入，只好灰溜溜碰壁而回。

勃朗费了好大周折，才找到这深沟固垒的地堡。他累得喉焦唇干，伸出舌头直喘气，巴不得能好好受番款待。

屋里的列那狐，刚吃了一只肥肥嫩嫩的母鸡，正舒舒坦坦地躺着睡午觉。贤淑体贴的艾莫丽忙着做家务，一边照管孩子，不准他们出一点声响，吵醒辛苦的当家人。

屋内清爽，安适，愉快。

但砰砰连声的脚步，正在走近，扰乱这份静谧（mì）。

勃朗转前绕后瞎跑一气，摸不到门在哪儿。

心里想，是私闯民宅，径自破门而入，突然出现在这罪犯面前，强行缉拿归案好呢，还是反其道而行之，作为狮王的钦差，先礼先兵，敦请这位大臣即速上朝？

但一看到又矮又窄的正门，任何踌躇的余地都没有了。除了循规蹈矩，哪里还能有别的办法？

于是，勃朗在门首喊道：

“列那狐，你知道吗？王上的钦差，狗熊勃朗，已经到了门口。请快出来接旨。限令紧急，王上要我立即带你入朝，不得有误。

“列那狐，你快点，别劳王上久等，不可惹他震怒。告你状的也真不少，你已面临死亡的威胁，说不定绞刑架在恭候你呢！”

狐狸睡觉一向警醒，狗熊在屋前走动，他早就听得分明。勃朗的来意，是一猜便中的；费思量的，是想个什么妙法来接待这位贵差。

列那狐从容不迫，他很少有张皇失措的时候，即使面对突然的变故，也难不倒他。

但他还要等一等，听到狗熊再次叫喊，才隔门搭理：

“唉！我昨天就思谋着要上朝去呢。大驾光临，真是非常过意不去。但你来了也好，可以看到我确实病得不轻。”

“病了！”狗熊感到意外，“哪儿不舒服？”

“哎！”列那狐哀吟道，“青黄不接，没法挑肥拣瘦，只能有什么吃什么。

“但首先，得感谢你肯赏脸光临舍下。王上派得力大臣前来，敝人真荣幸之至，愧不敢当呀！”

“哎呀呀……”狗熊听到这番奉承，有点忸怩不安，记起临走前狮王的嘱咐，需提防狐狸的逢迎拍马。

隔门说了半天话，列那狐才从床上爬起身来。

但列那狐没有径直朝正门走去，而在屋里东转西拐——房间和甬道曲曲弯弯像座迷宫，凡不速之客自己闯进来准会走得晕头转向，而狐狸自己则随时都可以逃得不见踪影——从一扇隐蔽的小门开出去，冷不防出现在勃朗身旁，把狗熊吓了一大跳。

“啊，狗熊大人，欢迎欢迎！”狐狸寒暄道，“我已打点完毕，随时可以奉陪上路，虽则贱躯还不硬朗，但能跟你结伴而行，真是快意非凡！”

“你吃什么不合适的啦？”狗熊出于礼貌，随口问

了一句。

“哎，甭提了，吃了几窝新鲜蜂蜜。”

“蜂蜜！”勃朗顿时兴奋起来。

“是啊！这种甜腻腻稠乎乎的东西，居然会有人喜欢，真叫人弄不懂。我宁愿饿肚子，也不想再领教了！

但挨饿不是好滋味，往往会让人打坏主意。”

“蜂蜜！啧啧！”狗熊一听“蜂蜜”两字就禁不住要舔嘴唇，“蜂蜜，尤其是新鲜蜂蜜，非常好吃呀，列那狐！只要有蜂蜜吃，我没有不答应的事。你怎么会不喜欢呢？”狗熊突然变得亲昵起来。

“哦，得啦，”列那狐说，“我才吃了一顿，就病成这个样子。蜂蜜这附近有的是，但我碰也不想碰了。”

“啊，列那狐，怎么能这样说呢？蜂蜜是天底下最好吃的东西，我着迷着呢。你那蜂蜜，在哪儿找到的？你只要告诉我，以后但凡有什么事，都包在我身上，咱们是生死之交啦。要我帮什么忙，只管吩咐。啊，列那狐，蜂蜜哦……”

“而那个量之多……”狐狸说，“老兄，我很高兴能领你去，会叫你吃得讨饶的！”

“那就快走吧！”勃朗催促道。

“可王上那边……”滑头的狐狸提醒狗熊。

“王上可以稍稍等一会儿的！老弟，我要挺身为你辩护。那些个指控，依我之见，都是站不住脚的……快领我去尝尝蜂蜜吧。”

列那狐非常爽快，领着就走。

两人朝郎富华家走去。郎富华以伐木为生，是殷实的庄户人家，列那狐曾挖空心思，捉弄过他几次。

这时白日将尽，天色昏暗下来。郎富华刚收工回家，田庄里静悄悄的。狐狸和狗熊走到一堆木头面前，那都是郎富华砍伐来的。

有棵粗壮的橡树，裂有一个大口子，夹着两个楔子，免得树木合拢。

“喏，”列那狐指着那棵树低声说，“这洞里贮的蜂蜜最多。伙计，别怕，把脑袋伸进去，才能吃到底里的蜂蜜。那里汪着一大摊，伸长头颈虽然累一点，想必你不会给吓退吧。再说，费了劲吃到的东西，才特够味儿呢！”

勃朗是馋鬼，用不着别人多怂恿（sǒng yǒng）。只要垂涎的美味能弄到手，再难的事都不会叫他皱一皱眉头。

狗熊性急慌忙，快乐得忘乎所以。

不用狐狸多请，就把脑袋钻进树洞里去了。

跟着，肩膀也伸了进去。

这当口，狐狸也没闲着。他马上忙乎起来，拔钉抽楔，楔子揳在那里原是防树缝合拢的。

先抠出一个，再抠一个……狗熊的脑袋给夹住了，中了狐狸的圈套！

“吃吧，伙计，”狐狸嘿嘿冷笑道，“可别吃伤了。饮食贵有节，吃撑了不值得。

“我守在旁边，等你吃够了，咱们一起去见王上！”

狐狸还没说完，狗熊已给夹得哇哇直叫。那个痛呀，痛得七荤八素，而且还担惊受怕，性命都押了进去，所以喊声就更急切了。

这下倒好，给郎富华听到了，便拿起伐木的斧头，带领雇工，冲出来保卫家园。

列那狐一看来势，走为上计。但贼不走空，他路过鸡窝，顺便叼走一只肉嘟嘟的母鸡，依然不忘择肥而噬（shì）。

“好啦，这傻瓜算给甩掉了，还到手一顿晚饭。

“看来这位钦差大臣，只怕王上永远也见不到了，告我的状也就告吹。一切烟消云散，天下太平！

“生活，生活，多美好！”

做了这件得意事儿，列那狐为犒赏一下自己，决定开一顿野餐。

他叼着母鸡，跑到不远的小河边，那河水清冽而欢腾。狐狸舒舒服服坐下去，畅畅快快吃起来。

吃到还剩一条鸡腿，只见有个庞然大物在河中打着旋儿，顺流而下，朝他身边漂来。

什么？狐狸简直不敢相信自己的眼睛！这不是狗熊勃朗吗？难道他从大橡树的夹缝里拔出头来？从乡下人的乱棒下脱出身来了？

没错儿，是狗熊，但瞧，是什么模样！头破血流，耳朵撕裂了一只，满脸血丝糊拉的，简直惨不忍睹。

列那狐想，这郎富华真蠢到家了！我把这活宝给他送货上门，够他一家子吃上三个月的，他只消到橡树旁拽回去就是了，居然会让狗熊逃掉。哎，要说呆，此公也真够呆的了！

“喂，伙计！”狐狸喊狗熊，“这么好的蜂蜜，一下子就吃腻了？趁这里凉快，我刚坐下，想不到转眼又遇见了老兄。这是怎么回事？是不是蜜蜂成群，蜇（zhē）了你？你的熊掌难道像手套一样给摘去了，手怎么这样血红血红的？是不是出了奇迹，你把砍木头的砍死了？”

狗熊气得吭不出声。

这下丢人现眼，又疼得要命，只随着水波滚瓜也似的翻涌而去。那灼痛的伤口，唯有在这清凉的河水里，才略略感到纾解一点。

倒霉的狗熊！刚才他发急嚎叫，把郎富华和雇工们招引了来。听到沓杂的脚步，他没命地从树缝里往外挣。情急智生，怕极力增，猛一使劲，脑袋是拔了出来，损失可也不小，那尊容就成了狐狸看到的模样。伤口剧痛，血流不止，把勃朗气疯了。但首先得逃命，逃离郎富华和他的雇工，以及街坊邻居，还有放出来的恶狗的追逐！

倒是那些女人家救了他命。她们原本就怕得要死，说是来追赶，东奔西跑，结果挡了自己人的道，越帮越忙。这时，有个农妇跟勃朗突然打个照面，看他满脸血肉模糊，吓得躲藏不迭，失足掉进河里。于是，追狗熊的人群忙着去救落水的大嫂。

勃朗趁机往河里一跳，讨得一条生路。

此刻，在波浪的推涌下，钦差勃朗慢慢远去，犹自听到狐狸冷一句热一句地刻薄他，同时心里也不能不盘算：这笔糊涂账，等会儿见了王上该如何交代是好……

第十六章　猫伯伯之行

狮王特派狗熊专使前去传讯列那狐，等到这么晚还不见回来，正在惊疑之间，忽听得大惊小怪的叫喊，接着是哼哼唧唧的呻吟。高踞宝座的国君，虽则威颜凛凛，却也不无好奇，便走下台阶，想去看个究竟。

原来是勃朗出使回来。但落成什么样子：浑身是血，遍体是伤，皮毛上混着污泥。看他受的这个罪，没人不替他叫冤，没人不对他表示同情。

狗熊面见狮王，叫苦连天：

“王上，请看列那狐干的好事！把我整成什么模样。我以为自己要活不成了，真是历尽艰险才捡得一命。我一生一世，都原谅不了他！”

“我也如此，”狮王说，“告他的状，原本就不少，这又多出一桩，而且还不是最渺不足道的一桩。

“勃朗贤卿，蹲在那里的鼹鼠太太，看到吗？她善于调制药膏，灵验异常，你敷上不出几天就能痊愈。看到你这副痛苦之状，我心中实在老大不忍。”

勃朗去找鼹鼠太太的时候，狮王与几位重臣聚商对策。

狮王说：“需要计议一下，看看谁有能耐可以把狐狸召来。办法不外是智取或力克。”

“我看以智取为上，”裴羚祭司接口说，“列那狐狡诈百出，力克恐非良策，要更圆滑的属下才行。而这样的人才，一时倒不容易罗致。”

“我觉得猫伯伯蒙贵挺合适。”

说这话的，猫伯伯一听就知道是大黄狗寇多哇。

“嗯，蒙贵嘛，人才难得，”狮王颔（hàn）首道，“不论是用心计，还是耍手腕，猫伯伯都足以跟列那狐匹敌。”

“陛下，微臣既小又弱，恐难胜任。”蒙贵走上前来，特意让人看看他的个子和形体。

“这倒也是，”狮王沉吟道，“但有一点，蒙贵，你比狐狸机敏，凭你的颖慧，再加上圆滑，就扳得过他。朝廷现派你去漠北堆，把列那狐缉拿归案。狐狸善用诈术，诸事小心之类的话，就不必嘱告了。我只请你记住，凡事宜多提防。”

“微臣遵旨。”蒙贵无奈，只好再拜受命。

然而，这位猫伯伯相当迷信，在路上想，假如看到右边有飞鸟，就是好征兆，必能不辱使命。

这时可巧有只麻雀在他头顶上飞。

“喂，小家伙，”猫伯伯用前爪在嘴边拢成喇叭形，“帮个忙，往下来一点，飞到我右边去。”

麻雀很买情面，往下一蹿，飞旋而来，但不知怎么搞的，一飞飞到了左边，弄得猫伯伯大为气恼。

但还得硬着头皮赶路。这可真要有点勇气才行。

猫伯伯到漠北堆时，看到列那狐好不自在，靠在自家门口透气，像安分守己的老百姓一天劳碌下来，吃晚饭前先歇一歇，消消乏。

艾莫丽在拾掇（duō）屋子，两个小的，莫卜罕和毕瑟赫，也跟着忙乎。

列那狐的巢穴，往往给说成是罪恶的渊薮（sǒu），其实颇有融融洽洽的幸福之家景象。猫伯伯看了很有好感，跟狐狸几乎要开心地叙旧，忘了此行的目的。

“你好，老朋友，别来无恙（yàng）乎？”列那狐一看到猫伯伯，对他的来意已心中有数。

这腔调，猫伯伯在不少令人不快的场合曾听到过，马上警觉起来，想起自己肩负的使命。

“晚安，列那狐，”猫伯伯故作正经地说，“我是奉旨行事，专程来请你火速上朝。事到如今，我想不必隐讳，你干下的好事，堆积如山，诉冤之声，一直上达圣听。不过王上倒想听听你本人怎么辩白。

“狗熊勃朗昨天回去，一副狼狈相，更使你罪加一等。”

“啊，狗熊勃朗吗，他是馋坯，粗鄙鲁钝，贪吃成性，不用我掇弄，他自己就会把他那条命送掉的。

“他一听说有蜂蜜，劝都劝不住，危险也不顾，没头没脑就闯了去。

“亲爱的蒙贵，以实相告，我可不愿跟这傻瓜搭伴走路；再说，他等也不等我，自顾自先逃走了。

“跟你，情形就不一样。与你同行，大是乐事，我恨不得马上高高兴兴跟你就走。”

“那好哇，咱们这就走吧。”猫伯伯提议。

“就走？这么深更半夜的！”列那狐故作惊讶，“要知道走夜路很不稳当。白天对你笑脸相迎的，天一抹黑，就会翻脸不认人。不，不，蒙贵，我虽然非常非常乐意跟你结伴同行，但出于这种考虑，宁可推到明儿天亮。咱们先好好吃顿晚饭，再稍稍休息一下，等天一亮就走，还不行吗？”

猫伯伯走了一天，确实有点累，觉得这样安排也未尝不可。

“那就依你吧，”猫伯伯搓搓前爪说，“你说先吃晚饭，正合敝意，尤其因为我此刻胃口大开。讲到吃饭，恕我老实不客气，想打听一下，你有何招待？”

“你想必知道，”狐狸说，“我现在吃素了，肠胃觉得特别舒畅。所以，准备了些新鲜果品……”

“唉……”猫伯伯不免叹了口气，“老兄，我最讨厌水果了。府上难道没有鱼呀肉的？再不然，两只三只耗子，凑成一盘半碟，也够我美餐一顿，当然，你们尽可以照你们的吃法。”

“喔，”列那狐拍拍脑袋说，“有办法了！有个大户人家，是我的近邻，院里粮仓很大，麦子满囤，可是老鼠也成群，昨天还听他直抱怨，说不知怎样除去这批鼠类。从这儿过去很近。准能找到什么洞口，你只要钻得进去，里面的耗子就随你生吞活剥啦。”

狐狸早就知道门底下有个洞，那怎么会不知道呢？这洞还是他自己刨的，钻进去偷出来不少活命的口粮呢！

狐狸事后听那家的大儿子马蒂奈抱怨，说他最喜欢的那只雄鸡不见了，扬言要在小偷进出的洞旁安个机关。

列那狐领猫伯伯去的，正是那个地方。

“哟，真是运气，”狐狸说，“你从这洞口钻进去，往前走，就能找到偌大的粮仓和成群的霸王。等你吃饱了，再回我家来。”

蒙贵推辞道：“不啦，何不就在粮仓里过夜呢？省得尊夫人为我准备床铺了。”

“那可不行，”列那狐急忙阻拦，“我不愿跟你刚见面，还没好好聊聊就分手呢。你从从容容地，吃饱为止，吃完再到我家来。这样保险些，明天我们可以一早动身。”

听了这话，猫伯伯还有什么可起疑的。

他忙不迭朝列那狐指的洞口奔去，刚钻进去，就感到脖子给勒住了。

一阵喑哑的，像出不来气的喊声，在院子里断断续续传开来。

马蒂奈一听到叫喊，便大声惊呼：

“狐狸给逮住了！来人啊，快！爸爸，抓狐狸去！”

猫伯伯看到一伙穿睡衣的男男女女，有的拿棒，有的擎棍，还有的手持叉耙，一拥而至，以为末日到了。

谁知一刀砍来，给猫伯伯躲过，倒把勒得他半死的绳子给砍断了。猫伯伯见众人围逼上来，举着前爪乱扒乱抓，抓得那农家主人痛得大喊“救命”。

蒙贵乘机侥幸逃脱。从钻进来的洞口钻了出去，但并没少挨棍子，一只眼睛给打肿了，光滑柔软的皮毛也刮破了几处。

可怜猫伯伯是领了旨出公差的，还得回朝述职。

狮王诺博尔看到蒙贵回来又是这副倒霉相，简直气晕了，大发雷霆：“昨天是勃朗，今天是蒙贵，这狐狸该打入地狱了，本王现特下令：这列那狐，罪在不赦，可以格杀勿论；即便取到他首级，也必有重赏。”

“陛下，”山獾格灵贝独持异议，犯颜直谏，“按通例，理应警告三次。故对列那狐，也应再警示一次。满了三次，我赌咒不再为他说话。”

狮王从谏如流：“那就依你所奏，派你亲自去通知列那狐。再给他一次机会，也是最后一次机会！”

于是，这次轮到格灵贝风尘仆仆，去找列那狐了。

第十七章　禀性难改

格灵贝急着赶路，足不点地，迅奔起来。列那狐听到咚咚咚的脚步声，以为千军万马攻来了，便分外小心，立即把大门关得紧紧的。

这时，听到门外有呼喝之声：

“开开门，叔公，我专程跑来报信的。有些紧要情况，特来奉告。”

列那狐听出是山獾的声音，才敢开门。一见之下，做出好不喜欢的样子，把格灵贝一把搂进怀里。

“慢慢说，慢慢说，”狐狸把来客引进屋里，“咱们先吃晚饭。艾莫丽用家传秘法烤了两只嫩鸡。吃过之后，再从从容容谈正事不迟。”

虽有狮王严旨，宣列那狐立即上殿，但格灵贝心里想，不管怎样，饭反正总得吃。

万事都有个开头。一样的开头，倒不如以吃开头来得实惠！

烤鸡的味道十分鲜美，艾莫丽大受赞赏。饱食之余，叔侄两人，以肘抵桌，侃侃而谈。

格灵贝讲到朝中的情况，说列那狐犯了众怒，形势严重。

告状的原本就不少，加上两位钦差鼻青眼肿地回去，他大有抗旨不遵之嫌，处境更岌（jí）岌可危了。

格灵贝说：“叔公，你该亲自出庭，替自己辩白。谁不在，谁吃亏，这是明摆的事。本来无话可说的人，这时也会抖搂出点鸡毛蒜皮，扩大事态。去得越晚，对你不利的言辞就越多，分量就越重。迟到一分钟，罪加一分重。王上开头还存着几分回护之心，到了今天，好像只想把你送上绞架了。咱们还是尽快动身，路上你还来得及考虑如何措辞，如何辩护。”

“经你这么一说，情况是清楚了，”列那狐说，“你的想法也有道理。不过，咱们还是趁天黑休息休息，等天亮再动身为好。”

格灵贝料想拗不过他，再坚持己见也无济于事，只得从命。

晚上余下的时间，跟狐狸一家欢聚，倒也觉得其乐融融。

大人逗着孩子玩。列那狐向格灵贝夸耀小家伙们的壮举：大的一个，莫卜罕，已会翻墙钻穴，偷只把鸡；老二，毕瑟赫，特别精乖，一次溜进湖里，逮了只小鸭子回来——两兄弟看来都前途不可限量。

最小的一个，狐赛尔，虽然还抱在娘手里，但机警之状，伶俐之态，已可看出日后绝不会让兄长们专美于前。

“你们家，真是一个美好的家庭，”格灵贝赞扬道，“小辈能继承父业，叔公，你应该感到欣慰。用不了多久，他们就能助你一臂之力了。”

“可不，只要路子对头。”列那狐答道，“夜深了，格灵贝，你也累了。咱们早点睡，到明天可养足精神。”

列那狐替山獾安排好窝铺，就走回自己卧室。

“别难过，艾莫丽，要是我随格灵贝入朝，恐怕一时回不来，但你不必担心。你把家和孩子看好才是正经。家中的粮食够吃几个月的。也可差莫卜罕和毕瑟赫出去打打猎，因为说不定哪一天我们得在这儿长期隐蔽下去。家里有存粮，心里就不慌。”

“我的夫君，”艾莫丽说，“眼前最要紧的，是你得拿出全副精神去对付棘（jí）手的局面，把那些冤家对头驳得哑口无言。他们太可气了，趁你不在场，便大肆攻击。我们不会变心的，一定等你回来。”

说完便蒙眬入睡了。

次日清晨曙色初露时，列那狐和格灵贝就起身上路了。

“说真的，”狐狸闷头走了半天路说，“有几件事儿，我是做得不对，内心很愧疚。

“格灵贝，我跟你实话实说，大灰狼夷桑干，我是捉弄过几回，但他也不是没有回敬。

“我所为何来？还不是图口饭吃，求个温饱！

“咱们活在世上，免不了你争我夺。你不能以力气称雄，就得凭计谋取胜，反正得强过人家，你说是吗？

“有些场合，为叫对方明白他是蠢货，我强词夺理，说话过火，往往有失宽厚，惹得天怒人怨。但有时确实是机会难得，心痒难熬，就想略施小计，捉弄他一下。

“归根结底，格灵贝，我又不是圣人！

“但我向你担保，我很想做个圣人。不能肉体成圣，也要隐退遁世。看到有些家伙气量之小，真叫人泄气。王上这次不吊死我，我就远离尘寰，躲仇避祸，靠瓜果薯芋果腹。打此时此刻起，我戒绝美食野味，再也不吃鱼肉荤腥了。”

“你这些打算，”格灵贝说，“我听了很高兴。王上对你虽不以为然，你把这意向说一说，自会产生好印象的。”

这时，两人走到十字路口，往左还是往右，格灵贝委决不下。

“走这条路好，”列那狐指右边那条，“沿路风景秀丽，不远就有个农庄，我很熟。”

狐狸滑头没说，他很熟，是因为作过不少案，偷过不少鸡，连鸡棚都差不多要给他掏空了。

格灵贝头脑简单，也不去多想，就相随而行。列那狐继续高谈阔论，说他怀有如何善良的感情，切望洗心革面，连实施的步骤都有了。

格灵贝大加褒奖，鼓励狐狸这种向善之心。这时，有几只母鸡一时大意，溜出农庄，颠颠冲冲只顾觅食，走远了一点。

母鸡后面，跟着一只年轻气盛的公鸡，咯咯号叫，鸡冠高耸，显得不可一世的样子。

我们这位刚表示要悔过自新的朋友，看到那昂首天外的傲态，觉得太岂有此理了。或许是本性复发，或许为教训教训这装腔作势的后生，列那狐倏地朝他猛扑过去，吓得鸡群扑棱着翅膀，四散逃开。

幸亏格灵贝在场，阻止了一起流血事件。山獾觉得列那狐太过分了，不满之情溢于言表：

“哈，你说了半天好话，做出这种事来，两下相去真太远了。你这些恶习，难道积重难返，真的改不掉了？你信誓旦旦，一看到几只鸡，就把什么都忘了？”

“的确是一时忘了，”列那狐避重就轻地承认，“纯粹是逗着玩而已。刚才扑过去的时候，我这脑袋瓜，这向善之心，并没有参与进去。你该相信我，格灵贝！”

但是，即使狐狸给吊死在高高的树枝上，他的贼眼也会朝有鸡的地方瞄的！这在他是身不由己的事。

狐狸对自己这次故态复萌，表现得那么悔恨，那么羞惭，使格灵贝都不好意思多加责备了。

剩下的路总算顺顺当当走完，没出什么意外。因为要犯罪也犯不起来，视野内连招人注意的物影都没有，这样，就不妨碍列那狐继续表示要改恶从善的强烈愿望。

两人又走了一程，王宫终于遥遥在望了。这时，狐狸显得惶恐起来。他的处境，的确大大不妙啊！

这一难关，他混得过去吗？

第十八章　狐狸的狡辩

在外面张望的兽类，看到格灵贝和列那狐远远走来，就嚷嚷着把消息传开了。

于是，你推我搡，纷纷拥去。谁不想占个好位置，看看狮王怎么发落这个“钦犯”。

况且，谁没有怨要诉？

今天这作恶多端的歹徒垮了，暗中施箭的自然少不了。墙倒众人推，叫他吃不了兜着走！

列那狐看到围聚着那么多虎视眈眈的仇敌，索性挺直其腰杆，轩昂其气概。他才不愿显出愁眉苦脸、低声下气的样子，这不等于不打自招吗？

所以，狐狸昂首阔步，神气十足，像功臣觐见君主一样，走到尊贵的狮王和高傲的狮后面前，不胜恭敬地打个深躬：

“启禀陛下，微臣近日偶感不适，因路远未能及时进谒（yè），万望恕罪。但相信陛下不会怀疑我的忠诚，不会不知我是大王最热忱的属僚。就因为我忠于朝廷，才惹人妒忌，招怨结仇，但我至今不悔。内侄格灵贝在路上告诉我，说到御座前告我的状子已堆积如山。陛下，我此次前来，就要为自己辩护，驳回一切诬陷不实之词，证明我一向好心好意，无愧无怍（zuò）。”

“你这狐儿，哪个不知，你专会花言巧语，”狮王沉下脸来，“奉劝你少说漂亮话，多讲实在事。”

“我的赤胆忠心，”列那狐忙分辩道，“不是光靠嘴巴说说的。陛下想必亲有体会，谅不致遗忘。”

“你说赤胆忠心，怎么我的谕旨，你既不听命，也不尊重。本王前两天派去的大臣，都是顶尖儿的人物，你是怎么对待的？你看，狗熊勃朗和猫伯伯蒙贵，都在那儿，绑着纱布，痛得龇牙咧嘴，不都是你的功劳吗？”

“哎呀，陛下，”狐狸有点生气了，“明明是当事人本人的过错，硬叫别人来担不是，真是太不讲道理了。

“就说狗熊勃朗吧，他就馋蜂蜜，我领他到有得吃的地方去，也是待客之道，以尽地主之谊吧。但勃朗不知深浅，忘了需要谨慎，把脑袋伸进树洞里去，结果拔不出来，这能怪我吗？

“再说猫伯伯蒙贵，我诚心诚意请他在舍间吃饭过夜，可他要逮活耗子吃，闯到我高邻家去，我怎么知道那里设了机关，会把他捉住？

“我家扫榻以待，本人还特别周到，等在外面，预备领他回家去住。哪知农夫一家跑了出来，我也不能让人白白捉去，更何况把我捉去也救不了他啊。

“馋嘴和贪吃，就是他们两位失足的原因，我有什么办法呢？”

狮后听了，认为说得不无道理，把自己的想法告诉了夫君。

“但是，”狮王不露痕迹，把话锋一转，“还有前账呢。告状的人，多得不可胜数。我只好叫祭司一一笔录下来，不料竟用去那么多纸张，简直令人难以置信。大灰狼夷桑干就告你做了不少坏事。”

“他告我，完全没有道理。”列那狐不怕失敬，打断狮王的话，“夷桑干是孬（nāo）种，我死之前，愿意跟他决一雌雄。我白白像老舅那样待他了，虽然我们没有一点姻亲关系。假如判我死刑，我恳求大王格外开恩，行刑之前，准我当着陛下的面，跟大灰狼厮杀一场。”

狮王当即宣布：“准奏！但其余案子并未了结。告状的有：大黄狗寇多哇，野兔窟挖儿，小松鼠霍梭，还有山雀、乌鸦、海狸等，名单太长了，无法一一列举，数数谁没告你，兴许还省事些。

“最后一桩案子，是叫天晓告你捕杀考白之罪；这可怜的母鸡，就葬在王宫附近。还有那些毛茸茸的小雏鸡多逗人爱，你这无心无肝的东西，竟然吃得下去！”

“讲到这桩事，陛下，”狐狸又开始耍嘴皮子了，“你会看到，本人是好说好，是坏说坏，决不为自己贴金。

“跟公鸡母鸡的纠葛，坦白说，只能归罪于本能作怪，是天性使然，我自己也无可奈何。

“要说嘛，鸡这种家禽，我最喜欢，也最讨厌。

“讨厌，是一有机会，他就咯咯直叫；碰到点事，就噗噗乱飞，说是逃命，如临大敌，其实都是莫须有的假想敌。我最看不惯大公鸡那种自负、傲慢、逞强，为点小事就争吵不休，还自以为很有气派。

“但鸡肉的确非常鲜美，我喜欢得要命。还有那嫩骨头，用牙齿嘎嘣一咬，刮辣松脆，甭提多过瘾了。

“所以说，喜欢和讨厌这两种感情搅在了一起。我得老实招认，当本能把理性挤到了一边，我就想弄只鸡解解馋，觉得天底下最痛快的事莫过于此了！这样，爱之深和恨之切两种相对的情感，一举都满足了。

“至于其他各位，是馋嘴、贪吃、鲁钝，有时甚至是不走运，才使他们倒足了霉。而今天，都怪我的不是，陛下，这才是天大的不平事儿！他们又不缺胳膊不少腿，不是跟我一样，能明辨是非，权衡轻重，进行自卫吗？

“是的，夷桑干在冰塘里给人砍去尾巴，难道我该一直在他身旁，苦口婆心，劝他别贪心，少钓几条鱼？他想领略领略我枯坐井底的情趣，想看看我为何在那里打坐静修，难道我该扫他的兴，劝他别好奇，不要跳下井来？

“是的，猫伯伯钻进农家大嫂的食柜里偷喝牛奶，丢了尾巴，但他不能否认，是我抬了重重的盖板，他才能钻在柜子里痛饮，而我又得到什么好处啦？还不是他贪吃奶油，把肚子吃得沉甸甸的，跑不快才逃不脱的？还有，猫伯伯不也巧取豪夺，把我的那条腊肠抢走了？”

“那条腊肠可是我的，属于我的。”寇多哇插嘴道。

“只有凭本事赢来的，才能算是属于自己的。”列那狐神气活现地对大黄狗说。

“为了教上门弟子吉失灵把歌唱好，”狐狸接着又说，“我不该给他点教训吗？

“乌鸦太太黑尔懵要啄我眼珠，看我是死是活，难道我该任其胡作非为吗？

“最后，我愿向陛下陈明，我的小宝贝狐赛尔，我是不准贪婪的小白兔动他一根毫毛的，这孩子从朗伯盘里捡了一颗樱桃，就像围着饭桌转的小孩捡了点吃食，干吗就穷凶极恶，必欲置之死地而后快？”

众兽叽叽咕咕议论开了，还夹着愤愤不平的诟骂，狐狸这才打住话头。

狮王低声跟狮夫人商议着什么。

夷桑干这时踅近宝座进言：

“这家伙就会摇唇鼓舌，陛下，可别上他的当。听他说来，简直比初生的羔羊还要清白。咱们以往都是听信他的甜言蜜语，才吃足苦头的。所以，别听他那一套，陛下，不然，我们的官司都白打了！”

狮王慢腾腾把脸转向这个不知高低的献计者，他竟敢自作聪敏，替王上筹策！

“怎么，”狮王疾言厉色地说，“难道我不会听话听声，辨伪识真？难道我是要别人来告诉我该如何当权的幼主？难道我是颟顸（mān hān）糊涂没有主见的昏君？”

夷桑干碰了一鼻子灰，不敢多嘴了。

狮王接着说：“你怪罪列那狐的事，我早已知晓。有些案情，是狐狸凶顽、放刁，确实有罪；但就你的情况而言，你跟狐狸彼此势均力敌，他攻过来，你可以打过去嘛！我倒赞成狐狸的办法：你们两个格斗一番，见个高下。谁赢还谁公道，这样裁决，最为高尚。至于其他案子，容我考虑后再做定夺。”

第十九章　狐狼格斗

夷桑干披坚执锐，精神抖擞，按指定时刻进入比武的围场。

列那狐为叫对方抓不住攥不着，剃了个大光头，跟着冲进场来。这光溜溜的脑袋瓜，先就叫全场悚（sǒng）然一震。

决斗事宜，由铁丁马和呼噜牛负责张罗。

夷桑干专挑狐狸的对头做自己的证人，计有：狗熊勃朗，猫伯伯蒙贵，野兔窟挖儿，以及公鸡叫天晓。

列那狐则呼朋引类，证人为侄儿格灵贝、麋鹿毕希迈、野猪百俊，以及刺猬挨篦奈。

前来观战的，相当踊跃。

铁丁马本想做点手脚，但夷桑干对自己的实力颇有自信，认为全无必要。大灰狼下定决心，这次非把列那狐诛除不可：一则，以消心头之恨；再则，还可在狮王面前借以自重，抬高身价。但他恰恰想错了，狮王诺博尔对这桩公案已开始感到厌倦。

狮王固然觉得列那狐有不对之处，但并不桩桩件件都是狐狸的错，更何况这位霸主还想在勋贵近臣之间，给列那狐保留一席之地，须知狐狸自有其高于同侪、令人引以为傲的一面。

直到最后，眼看决斗已经不可避免，狮王才托付祭司裴羚把圣骨盒拿去，让两个冤家指盒发誓，保证格斗光明磊落，全凭真功夫。

于是，一个发誓说，生平从未干过昧良心之事；另一个说，他那个誓言是欺人之谈。

接着，决斗开始。

列那狐毫不紧张，插科打诨，拿夷桑干的手段开些不伦不类的玩笑。看到大灰狼气急败坏的样子，狐狸就觉得够有趣的了。

夷桑干首先发动进攻，拼足力气，朝列那狐撞去，简直可以一下子要了狐狸的命，结束格斗。

但列那狐以守为攻，在千钧一发之际，轻轻巧巧侧身躲过，大灰狼扑了个空，来个嘴啃地，自己出乖露丑，反迁怒于人。

列那狐抓住战机，跃身向大灰狼冲去，前爪“咚”地一下猛击夷桑干的额头，敲得他脑袋嗡嗡直响，打得他晕头转向。

列那狐胜了一着，狐党诸公高兴得拍手顿足。优胜者更是得意扬扬，以为稳操胜券了，没料到夷桑干哭丧着脸，挣扎着又爬了起来。

“老舅，看清了吧，”狐狸挖苦道，“公理不在你那边。咱们歇手怎样，再打下去，你更加威风扫地了！”

“歇手？”大灰狼憋了一肚子气，“我宁愿替你吊死，也不肯善罢甘休！”

这时，列那狐抄起一把沙子，朝大灰狼眼里撒去，痛得那狼哇哇直叫。狐狸趁对方眼前一抹黑，狠命打了几个冷拳，以为大局已定。

哪知夷桑干生命力特强，犹自负隅（yú）顽抗。列那狐想对准大灰狼脑袋狠命一击，送他归天，不料忙中有失，把脚爪误戳（chuō）进大灰狼嘴里。

夷桑干马上合拢血盆大口，狠命一咬，这次轮到列那狐哭爹喊娘了，痛得以为脚爪已给咬断。

大灰狼反败为胜，重占上风，把列那狐撂倒在地，边滚边打，揍得狐狸气息奄奄方才罢手。

狮王得知格斗结果，便道：“他俩之间的恩恩仇仇算是了了。现在，就其他罪案，另行判决。”

第二十章　绞索架下的交易

怎样处置列那狐，要不要就地正法，狮王一时还委决不下。然而，人心民意，都不向着狐狸，当然，侄儿格灵贝除外。

列那狐可说是弄得人怨沸腾。只要有个人提出责难，其余人便会群起而攻之。

列那狐站在那里挺然不惧，静待发落，根本不当回事儿似的。

突然，他听到有窸里窣落的声音。低头一看，原来不远处，有只秃毛鼠，正诡秘地瞧着他。

“不妙啊，”秃毛鼠口气挺亲热，“他们议决要处你死刑哪，狐狸！”

“甭急，还没扒皮不是吗？”列那狐口气很犟。

“那你打算怎么保住你这张皮呢？”秃毛鼠透着好奇。

“这啊，是个秘密，天大的秘密！”列那狐故弄玄虚，“想知道，是不是？走过来，我悄悄地跟你说，只跟你一人说，承你关心我的生死休咎（jiù）。”

秃毛鼠毫不疑心，一个箭步蹿到列那狐身旁；狐狸牙尖齿利，咔嗒一下，秃毛鼠没来得及哼一声，就呜呼哀哉了！

坐山雕摩福拉最先看到这桩血案，哗然一声惊叫，旁人还以为他自己遭到不测了呢。

这种秃毛鼠，列那狐连吃都不屑于吃。一看摊着的尸体，事情就最明显不过了。大家对狐狸的怙（hù）恶不悛（quān），感到义愤填膺。

这时，狮王指着狐狸断然宣布：

“把他吊死！”

“把他吊死”像回声般一迭连声传了开去。

狐狸意识到，他的末日到了。

大灰狼夷桑干马上讲起绞索架的事来，说邻近树林里有棵树，粗壮挺拔，正可以用来做成这桩好事。

狗熊勃朗自告奋勇，愿意帮大灰狼助成其事。

他们把猫伯伯蒙贵也拉扯上。蒙贵出于谨慎，原想置身事外。想到狐狸就要给吊死，已够解气消恨的了，何劳自己动手呢。

但大家派他去找绳子。又因为他善于攀上跃下，还要他把绞索结在大灰狼指定的枝头上。

这时，列那狐正在做受难准备。他扬言有机密事儿要嘱托大王的祭司裴羚。

狮王含威不露，雄踞在离他们不远处。狮后虽在御座旁，耳朵却伸得长长的，留神听狐狸的机密。

“我的遗愿是，”列那狐没把声音压得很低，“把我囤聚的金银财宝留给我的孩子。这批珍宝，本来并不打算继家传后，而想做一豪举，派更大用场，敬献我们狮王，因为由陛下来调度，比我更合适，能用来造福国民。

“可怜我现在死到临头，而孩子都小，还不能自食其力，要靠这笔财产过日子。

“所以，烦请你把我太太艾莫丽找来，我要亲口告诉她那堆金积银的秘窟……”

高傲的狮夫人早已示意大王注意这段谈话，到了这

节骨眼上，狮王阻拦道：

“且慢，且慢！你说什么来着，列那狐？好像说到秘窟，是怎么回事？”

“啊，陛下，我拥有的重宝，可谓盖世无双。而这宗宝藏的前因后果，实有难言之隐。申明我有这批宝物，等于是一种告发的举动。

“但，问题是告发谁呀，我的天！

“是告我的生身父亲，我的诸亲好友！由于这个缘故，这一大笔财宝，我只得隐匿下来，没敢敬奉大王。

“也因为我面皮薄，不好意思为自己表功，才没向陛下吐露，这财宝，是我从一桩犯上作乱的密谋里挖出来的！”

“什么，密谋？要谋害我们？”狮夫人听得很上心。

“正是，要谋害大王、夫人。幸亏给我挫败了，才救得大王一命。”

“这密谋是谁策划的？”狮王问。

“唉，陛下，为首的，不是别人，乃是先父。事情就坏在他发现大宗宝藏，那是祖上艾莫丽王族遗留下来的。黄金珠宝，迷失了他的本性。他自恃财雄势大，居然想——陛下，请多多包涵——推举一个国王。新王当然不会有陛下的仁德，但凭我父亲拥立之功，新王便会对他感恩图报，偏私徇情。

“本此宗旨，他想举荐的，是狗熊勃朗，那个自命不凡的傻瓜！

“大灰狼和猫伯伯负责谈判，当作说客。

“但最要紧的一招，是除掉在位的国君……”

“天啊，杀我丈夫！”狮后打断狐狸的话说，“你想说的，列那狐，是不是这个意思？”

“正是，夫人，刺死狮王，以便取而代之。

“但要达到这个目的要很多钱才可以。雇凶行刺，要钱；拥立新王，更要钱。

“这桩密谋，详情我本一无所知，那是有一天，我太太艾莫丽刚刚听说，就慌慌张张跑了回来。

“是大灰狼踌躇满志，把这桩绝顶机密事儿透露给了他的老婆埃桑德，埃桑德守不住秘密，藏头露尾，说了两句给艾莫丽听，艾莫丽就径直告诉了我。

“得知这个计谋，该怎么办呢？

“陛下，想我人微言轻，能有多大能耐？

“但我愿救大王，救国家，同时也为了救本族的身家清白。

“我想了又想，觉得这阴谋要能得逞，断断少不了金钱的支持，所以最有效的办法，莫过于把他们的财源切断。

“当然，这金库一定是深藏若虚的，怎么才能找到呢？

“我父亲——愿上帝宽宥他——对我忠诚于陛下的意向是太清楚了，绝不会在我面前露一点口风的。

“一天，我在野林子里，躺在一堆树叶下，寻思怎样去侦知这秘窟，忽然隐隐约约看到我父亲钻进一簇杂树丛里，换了别人，眼睛不像我这么尖，肯定看不到。我马上默记住这方位。

“我驻留原地，觉得不便尾随，免得让他知道我窥破他的卑鄙勾当而感到难堪。

“过了好一会儿，我父亲才出来，把洞口遮好，把来过的踪迹抹得一点看不出，才快意地离去。

“我跑过去做好记号。这下，知道财宝藏在哪里，等于掌握了整个阴谋的枢纽。我当晚就跑去，凭记号找到树丛，摸到洞口，给我发现了一个神话般的金库。

“里面金银珠宝之多，直花了我整整一夜才搬完，而且每次都手提肩扛，累得上气不接下气。到天亮，总算把全部财宝转移到妥善地点，再把那儿掩盖得一点都看不出。

“而且，谁也休想能找到！

“这桩阴谋，由于缺乏资财，就难以为继，因而流产了。事过不久，我父亲便去世了。

“先父这次功败垂成，是受我的背累。参与这一勾当的，合起来计有百十来个家伙，狼啦，猫啦，狗熊啦，狐狸啦，还有一些观望派，他们倾向于旧政权，也即向着陛下，之所以夹缠进来，是想听听能分到多少好处，摊到多少财宝，再决定何去何从。

“经过一番权衡，反复考虑利弊得失，最后才把事情定下来，接着就该分好处了。这时，我父亲像给人抓到错处一样，不胜惶恐，说金库已给挪走，不知去向了。

“一听这话，那群畜生就气势汹汹，怪我父亲轻诺寡信，叫他们白白折腾一番。

“事后，就再也见不到我父亲的踪影了。末了，才发现他吊死在树林里，不知是走投无路，自寻短见，还是别人为泄愤报复，要他抵命的。

“总之，我父亲死得好凄凉，我悲悲切切痛哭一场，但唯一的安慰是，我得以救了陛下的性命！”

国王沉吟片刻，与狮夫人密议后说：

“列那狐，你所说情况，事关重大，但口说无凭，得有物证才行。那珍珠宝贝，你说了半天，能告诉我到底藏在哪里吗？”

“当然可以，”列那狐回答得很爽快，“这财宝，藏在哪里，天底下只有我一人知道，因为是我自个儿埋下的。我这一死，这秘密就失传了。

“但把秘窟连底抖搂出来，陛下，那是另一回事，这份财富要留给我的家小，一旦脱了手，他们何以为生呢？陛下已判我死刑，虽然我平生为王上没少效劳，但我还是知罪伏法，接受判决……”

“但这判决，”狮王接口道，“是在你讲这些情况之前做出的，并非铁案，无可改变。

“我所关心的是物证，表明这财宝并非子虚乌有。偌大财富一旦归我所有，就可以用来扩大版图。你交出这宗宝藏，我就保住你这条性命。你要明白，列那狐，本王并不是非要把你置之死地。咱们把话点明了，是众畜生假手于我，我也是不得已啊。

“所以，这笔财宝，再加上你历来的忠诚，自可考虑特赦。”说到这里，狮王威严地站起来宣布，“这就是我的，也是王后的——裁决！”

狮后点头表示认可。

“这样安排，”狮王接着对列那狐说，“想必你不致有何异议。你只要说出财宝藏在哪儿，你的生路包在我身上。请快快说来！”

“我想，陛下，”狐狸摸摸颈项，刚才似乎感到绞索已套上了脖子，“这件事应该极其谨慎才是。这批宝藏，我说过，价值连城。但拿来闹得满朝皆知，你以为可取吗?

“狗熊勃朗和大灰狼夷桑干，更不要说奸猾的猫伯伯蒙贵了，恨不得都想据为己有。他们要是知道了，还不掀动舆论，侵夺陛下的权益，也即剥夺我的财富？”

“你说得也有道理，列那狐，”狮王默识其意，“但宝藏的事，我想知道得更详细些。要不然，我派个人跟你回去，提取若干样品回来？”

“陛下，这倒是个好主意，”列那狐说，“为保险起见，与其派一个，倒不如派两人更好。”

“当然可以，”狮王欣然允诺，“这样，你说的奇珍异宝，也能多带一点回来。”

于是,决定派绵羊裴羚和小白兔朗伯陪列那狐回去,把赎他性命的金银财宝，先用麻袋背点回来。

第二十一章　平地风波

这时，大灰狼夷桑干、狗熊勃朗和猫伯伯蒙贵，早已围在刑场边，等列那狐做完忏悔、交代完后事，前来受刑。

但他们——还有来看吊死狐狸的一大帮畜生——开始感到等的时间太长了。

猫伯伯攥着绳子，随时准备挂上树去，也等得不耐烦起来。

勃朗比较沉着，闲坐在旁边一棵树底下。

大灰狼显得很烦躁，急促地走来走去。

那些来看热闹的，早已占好位子，正想着法儿消磨时光，抱怨那位有好戏给他们看的要角儿姗姗来迟。

大伙等得心烦的当口，只见乌鸦吉失灵拍着沉重的翅膀，急急飞来。

“全落空啦，”他总是报告坏消息，“大好机会给错过啦！”

“怎么回事？”各种声音同时发问。

“哎呀，列那狐又得宠了！”

“没有的事！”大灰狼气得直吼。

“但事实如此。”乌鸦继续说道，这时很多人围了上来。“不知狐狸花言巧语说了些什么，总之，说得圣心大悦。只见狮王挽着列那狐手臂，两人踱来踱去。高傲的狮夫人，每次看见他们从面前走过，总冲着狐狸嫣（yān）然一笑！

“所以，我赶紧跑来通知大家，因为这家伙重新得宠，对主张制裁他的人，绝不是好兆头。

“诸位肯听我一言，还是老老实实回家去，求个太平，别在这儿干等啦。说不定狡猾的狐狸，向大王讨个情，把本来要套到他脖子上的绞索，说变就变，马上套到你们当中某一位的头上。

“这是非之地，一刻都待不得，在下先告辞了。”

刚才还围得水泄不通的场子，呼啦一下，全作鸟兽散，跑得一个不剩。

猫伯伯有些悚然，放下绳子，溜了开去。

大灰狼和狗熊不相信局面会大翻个儿，想到宫里去探个究竟。

但他们不敢莽撞，没有径直进宫向大王索要待决的罪犯，而是先伏在外面观察动静。

果然，看到狮王跟狐狸手拉手儿，有说有笑，大摇大摆地踱着步。狮后对列那狐嘴角含笑，带着讨好的神情。

绵羊裴羚和小白兔朗伯已整装待发,要远行的样子。

列那狐跟大王殷殷道别，告退出殿，率裴羚和朗伯走出宫来。

夷桑干和勃朗躲着没敢露面，看到这里，夹着尾巴先自逃开了。

第二十二章　惊险的一夜

这时天色开始暗下来。绵羊裴羚和小白兔朗伯低着头急忙赶路，他们最怕夜间羁（jī）留在漠野荒林里了。

列那狐刚从绞索架上逃得一命，别提有多高兴啦，撒着欢儿狂奔乱跑。他原本习惯昼伏夜行，喜欢摸黑出没在林中。

夜色越来越浓，裴羚突然停下步来：

“我不走了。这早晚该睡觉了。我可不愿冒性命危险赶夜路。”

“行，头上一棵大树，脚下一片草场，咱们就在这儿露天过夜吧。”狐狸提议。

“不，不，”裴羚直摇头，“我得有个屋顶，有个棚子，才能睡觉。说实在的，我怕野狼。”

这时，远处正传来声声狼嗥。裴羚和朗伯出于本能，又撒腿跑了起来。但夜气蒙蒙，路根本看不清，要跑也跑不快。

列那狐看出，逃不是办法。绵羊和小白兔怎么跑得过出来觅食的饿狼群呢？

“赶紧，爬这棵树，”列那狐指着路边一棵枝叶茂盛的大树说，“上树可以躲一躲，到天亮就安然无事了。”

“爬树我可不会。”绵羊尴尬地说。

“如果你们两位不介意的话，”小白兔朗伯说，“那里有个树洞，我暂且去借宿一夜，明儿早晨你们来喊我吧。”

兔子不等回答，就一头钻进洞里。地洞，他觉得是最安全的藏身之所。

狐狸开导绵羊：

“你没爬树的习惯，这我知道。但你如果不想把命丢在这儿，我劝你不妨试一试。到走投无路的时候，不会的事，逼一逼，有时也会了。我先示范，爬给你看。”

狐狸很快攀上了树。

一个进洞，一个上树，裴羚更加孤零零了。出于无奈，只好硬着头皮爬，狐狸也在上面使劲拽，裴羚勉强算爬了上去。但枝枝杈杈，没有回旋的余地，夹在当间很不舒服。

狼群这时已走近树林，吐着血红的舌头，在树木间转来转去。

一匹褐色的大狼，走过朗伯躲的地洞，还用前爪掏了几下。

有头母狼带着几只小狼崽子，跑累了，在他们的树底下喘气歇息，或蹲或卧，不像一时会走开的样子。

他们屏息静气，一动都不敢动。幸亏没给发现。

这样，过了好久。裴羚夹在树杈间，憋得难受，腿又抽筋了，想转动一下身子。

“当心，”列那狐悄悄嘱告他，“慢悠悠地转身，谨防急转直下！”

一语未了，裴羚已“腾”地摔落下去，砸在一只幼狼身上，当场把那嫩骨头压成了大肉饼。

狼群骇然大惊，想不到这树林里结的果子这么大，掉下来会要了他们的命，便纷纷夺路奔逃。

列那狐更推波助澜，发出嘘溜溜的哨声，吓得这群野狼逃得无影无踪。

小白兔朗伯听到外面平静下来,才从洞口探出头来。

晨光熹微中，列那狐和裴羚，会同朗伯，继续赶路。一路上，你言我语，把晚上的惊险事儿演义一番，说笑取乐。

第二十三章　包藏祸心

狐狸等三人，说着趣话，不觉路长，渐渐走近漠北堆。

艾莫丽太太以为丈夫已给吊死，所以看到列那狐得以生还，真是喜出望外。迎上去交颈磨鬓，亲热得不得了。

莫卜罕、毕瑟赫，还有最小的狐赛尔，看到老爸回来，更是高兴非凡，对陪同前来的两位生客也格外觉得亲。

裴羚闻不惯狐狸家的气味，推说："我想在外面透透新鲜空气。你们如不见怪，我就不进屋了。赶了一夜路，又摔了一大跤，在外面可以舒散舒散，活动活动身子。我不想把自己关在闷气的屋里。"

"主随客便嘛，"列那狐显得很通达，"那我们就在屋外吃饭吧。艾莫丽，等会儿饭好了就端到外面来。

"但朗伯，你进来，我拿点珠宝钻石给你看看，你们走时可以带回去。"

朗伯不存戒心，跟狐狸进屋去了。

"瞧呀，一顿美餐又有了！"列那狐进屋后嚷道。

他这话，是对家里几个小狐狸，而不是对朗伯说的。

小狐狸曾见过朗伯，朗伯还傻愣愣的，东张西望，寻找美餐在哪里呢。

其实，根本用不着他多找。——列那狐用尖利的牙齿，一口就解除了朗伯的搜寻之劳。小白兔就身首异处了。

“你过来，艾莫丽，”列那狐提着倒霉虫的后腿，“把这拿去，加上佐料，饭菜齐了。”

狐狸自己也忙开了，把朗伯的头颅揩干抹净，一层一层，包得严严实实，然后装进麻袋，再加上封印，扔在屋角里。

等他收拾完毕，艾莫丽的饭也做得差不离了。

狐狸这时走出去陪裴羚说话：“咱们这就吃饭，朗伯大概跑累了，一躺下就睡得呼呼儿的。你要是赞成，就不去叫醒他了，让他好好休息。咱们把他的一份给留出来。”

这真是顿美餐，席间宾主欢言笑语。裴羚坐得舒舒泰泰的，不像在树上辗转难安，因而说起夜来的情景，添油加醋，逗得小狐狸个个乐不可支。列那狐跟着帮腔，一吹一唱，妙语连珠。艾莫丽夫人招待得热情周到，仁厚的裴羚直有宾至如归之感，真愿多待一会儿。

但突然想到天黑之前要赶回去复命，心里就焦急起来。

他略带歉意地问列那狐，可有什么贵重物品要他带回去敬呈大王。

狐狸便进屋去找裴羚要的东西。

他磨蹭了一会，才提着加上封印的麻袋出去。

“就这袋东西。朗伯刚醒，他看着我包的，这兔子还懒洋洋的，不想马上动身，要我告诉你，说请你先走，他跑得快，一会儿准能赶得上。”

“这袋里装的是什么？”裴羚问。

“是宝物呀，准能把王上看呆！而且，为让你老兄能见重于朝廷，你可以去夸功说：这包东西，是我照你的意思准备的。在你坚请之下，我才狠狠心，忍痛割爱。

“但你千万别私自打开来看。我已开了一张清单给大王，若少了件把，狮颜大怒可担罪不起呀！”

“这你尽请放心。”裴羚不是那种钻天觅缝专好刺探的角色。

想到把麻袋背回去，可以在王上面前邀功自荐，裴羚心里喜滋滋的，向狐狸夫妇谢了又谢，只怕谢得还不够热烈。

“回头催朗伯快点动身呀！”裴羚走远去了，还特意再叮嘱一句。

“放心吧！你到他也到，误不了事！”列那狐说罢哧哧匿笑，暗自得意起来。

第二十四章　御驾亲征

高傲的狮后想着列那狐所说的璀璨（cuǐ càn）夺目的珠宝，等得好不耐烦。

至于狮王，寡人好（hào）货，喜欢金币。他虽比较沉着，见派去的使者久久不回，也不免心中焦躁，但作为尊长者，他更善于掩饰自己的情绪。

难得蜗牛沓地伏连爬带跑，进来报告，说远远已看到裴羚祭司，国君和王后陡地同时立起身来，正要降阶相迎，但此举太有失尊严了。高贵的狮王马上强自抑制，复又坐下，并示意狮夫人也照此办理。

却说，霎时间，裴羚已来到面前。他大口大口喘着气，向狮王狮后草草行了个礼，就忙不迭把袋子呈递了上去。

“朗伯呢？”狮王接过包时查问道。

“按说，我到他也该到了，”裴羚答道，“我也好生奇怪，他怎么没赶上来呢。

“我跟列那狐可是忙了一阵儿。这袋里的东西，按我出的主意，狐狸才放进去的。他事事都跟我商量，我们尽力把事情办得好上加好。”

狮王揭去封印，打开袋子，不意骇然大叫一声，狮夫人跟着也吓得直叫。

倒霉虫朗伯的脑袋赫然在焉，就在狮王的手上！

裴羚万万没想到背了个晦气包回来,吓得脸都青了，半晌作声不得。他瞪大眼睛，看着隔日伙伴的头颅，莫名其妙。

狮王英明，马上抓住事情的关键：

“这个包，是列那狐交给你的不是？”

“是啊，陛下。”绵羊嗫嚅（niè rú）着说。

“那你干吗说，是列那狐照你的主意办的？难道是你授意他杀死朗伯的吗？”

“噢……陛下……”裴羚觉得这桩事邪乎，愕然不知所对。稍后，才断断续续把取“宝”的经过勉强讲了下来。

当说到小白兔跟狐狸进屋去休息而他留在门外时，

狮王不以为然地摇了摇头。听到这里，似乎无须再追究下去了。

列那狐再次作恶造孽（niè）。

但，这是什么样的罪孽呀！

居然拿王上的使节开刀！朗伯当然是无辜的，但别人可以不防，对列那狐真该存个心眼才是！

狮王的体恤（xù）和厚望，狐狸竟不当回事，而且凶心不改，竟向可怜的朗伯磨刀霍霍！

事情还严重在列那狐戏侮朝廷，杀了一个钦差的头，派另一个钦差送来！

那金银财宝，当然连影儿也没有。

正是这个关节，叫狮王疑惑不定。

这批重宝，到底是有，还是没有？狮王是宁信其有的，因为他乐意这么相信。据他推测，是狐狸割舍不得，不肯脱手，才出此下策。

那么，下一步，该怎么办？

狮夫人也在苦思苦想。

裴羚吓傻了眼，连一点儿聪敏灵性都没有了。

狮王双手扶额，反复筹思。

他知道，要是征询臣僚意见，会众口一词："杀掉大吉，这狐儿！"

如果没有秘窟的事，这么干最痛快不过，不必迟疑。

但这一杀，列那狐要是真的把秘密带进坟墓里去，那反为不妙。

狮王思前想后，愁容满面，这时陡地站了起来，把侍立一旁等待发落的裴羚，吓得浑身打战。

"现在没什么可犹豫的了，"狮王神色狞厉，"立即出兵，攻占漠北堆，非逼列那狐交代明白不可！"

但是，话中有话，狮王要逼列那狐交代明白的，岂止罪行而已！

事情一经决定，满朝上下都振奋起来。

攻打漠北堆，个个都想争先。直捣狐狸老窝，好不痛快！所有勋贵大臣，连列那狐的三朋四友，都非常起劲，秣（mò）马厉兵，同仇敌忾。

第二天一大早，队伍就已集结完毕。

狮王振威扬武，率兵出发。裴羚灰溜溜地，随行护驾。大灰狼夷桑干重又得宠，与勃朗和蒙贵，一起护从圣驾出征。

狮夫人跟随在后，由几位宠臣相伴着。冠带猴、野猪百俊和麋鹿毕希迈，都小心伺候，随时听命。

呼噜牛和铁丁马并辔（pèi）而行。其余将卒随后。

天空中红霞满天，野地里军容壮盛。队伍气势如虹，快速前进。不到半天工夫，漠北堆已经在望了。

当然，这样兴师动众，不会不走漏一点风声的。地平线上还看不到队伍的影子，列那狐已得到警报，说大队人马正朝漠北堆杀奔而来。

他把在门外玩耍的孩子叫进屋来，和艾莫丽一起把大门关严。宅邸周围，深沟高垒，纵横交叉，即使强敌压境，也能凭险抵挡一阵，更何况屋内有复壁以及曲里拐弯的夹弄，加上绵延不尽的地道，必要时可以出其不备，绕到敌人后方，从腹背杀将出去。

粮食已经囤足。

列那狐难得跟家人终日厮伴，现在倒有时间教教孩子踢踢皮球，解解闷气。

艾莫丽也能从从容容在厨房里做些精致的饭食。

这时，狮王诺博尔正督率劲旅，要一举攻破漠北堆的大门。

第二十五章　罗马朝圣

狮王大张旗鼓，直要到了列那狐的寨堡前，才明白——所有部将也一样——里面坚壁固守，任你怎么进攻都徒劳无功。

除了团团包围，别无良策。国王便决定就地安营扎寨。

但露餐野宿，毕竟不是舒服的事。参战将士想到这场仗可能旷日持久，不免暗暗叹气。狐狸这家伙大家是知道的，肯定早就严加防备了。

但列那狐好像并未发现住处已给包围。他照旧安然度日，吃喝睡觉，跟孩子玩玩，教他们种种诀窍，庆幸自己得此清闲。

艾莫丽这次算把丈夫留在了身边，心里挺高兴，即使蜗居在家不能出去，也丝毫不以为苦。

狮王配置重兵，把这寨堡围得水泄不通，三天两头发动一次进攻，但墙上连块石头都没打下来！

这真叫人有点泄气。但狮王有金银财宝可想，有的畜生以报仇雪耻为望，另外一些则一无所图，然而围困的阵势依然如故。

列那狐蛰（zhé）居日久，便想出去活动一下。有一晚，那天白天攻势特别猛烈——虽则无战绩可言——累得那些猛将健卒倒在树底下鼾（hān）呼大睡，连列那狐出去的响动都没能把他们吵醒。我们这位恶作剧大师，加上几个小狐狸出力，把那些包围者一一拴在树上，有的拴脚爪，有的缚尾巴。

忙完，列那狐坐以待旦。

天色微明的时候，小狐狸代他们吹响起床号，狮王和群兽猛地惊醒，看到列那狐坐在他们中央——与谁都隔着相当距离——大感意外，个个奋不顾身，想朝他扑过来。

狐狸看他们白起劲，全做无用功，只觉得好笑。

“啊，啊！我想是时候了，咱们该好好评评理，”列那狐开言道，“现在先委屈诸位一下，用这办法，是为了谈话方便，免得话不投机，打将起来。

“陛下，我不明白你为什么要御驾亲征，打上门来？

我招谁惹谁了，这样对我太不公道了！”

“这奸贼，”狮王勃然大怒，“你自己干的好事，还有脸来问我！该由我来责问你才是。那忠顺的朗伯，到哪里去了？看你怎么禀报，你这坏蛋！”

“是呀……朗伯呢？”裴羚绵羊惶急得连声音都抖抖索索的。

“咦，朗伯不是跟你裴羚一起走的吗？”列那狐当场打发，一点也不慌神，“我不是交给你们一只麻袋，里面装满珠宝钻石，要你们敬呈大王的吗？”

“坏蛋！”国王喝道，口气已不像刚才那么硬了。

“坏蛋！”可怜的裴羚也跟着骂了一句，声音像颤颤悠悠的回声。

“这我就不明白了，”列那狐装出一副清白无辜的样子，“你们凭什么叫我坏蛋！难道宝石不够名贵？不中王后的意？

“而你，裴羚，这是干什么，这副剑拔弩张的样子。”

看到狐狸神态那么自然，语气那么坚定，连狮王都开始怀疑了起来。

“你送来的包里，”狮王说，“只装了一颗朗伯的脑袋。你非但残暴不仁，杀了朗伯，还来恶作剧，叫裴羚呈递给我！”

“叫裴羚呈递给你！”列那狐仿佛吃了一惊，“但陛下，你怎么不想想，杀掉朗伯的只能是裴羚，从情理上讲，这样更说得通。因为朗伯是个碍事的见证，把这小白兔杀了，裴羚就可以把我要呈递王上的珍宝占为己有了。

“我要下毒手，何必单单杀朗伯一个，干吗不把裴羚也一起解决呢？对我说来，杀两个，事情更简单，省得有人出头告我！

“由此可见，是裴羚谋财害命，杀了朗伯。这难道还有什么可疑心的吗？”

裴羚给噎得话都说不出来，骨碌骨碌转着惊惶的眼珠。

狮王思忖着，他这位祭司看到珠宝动了贪心，见财起意，也不无可能。

列那狐则意气自如，眼光扫来扫去，看看这个，又瞅瞅那个。

慢性子的蜗牛，这时才醒来。看到全军被缚，以为自己也给拴在什么荆棘上了，他动弹一下，发觉身子倒无拘无束：原来狐狸把他漏了。

蜗牛徐徐走去，因为他做什么都不慌不忙，用利剑把同伴的绳索一一割断，以致列那狐突然之间发现自己身陷危境，四周都是如狼似虎的仇敌。

狮王这时对狐狸到底是否有罪已感到茫然，心里想着他最揪心的宝藏，便一举手，拦住这股正待发作的汹汹怒潮。

“这样吧，”狮王宣布，“事情闹到这步田地也可以了。暂且罢兵息战，今天就撤围开拔。宫里也有政事需我回去审理。朗伯案，待我从容审议。干这桩卑鄙事儿的，一经查实，立即正法，决不徇纵。”

“我也要动身远行，”狐狸接着宣布道，“惹出那么多诬陷不实之词，又招来这一起大兴问罪之师，弄得我很伤心，决定前往罗马朝圣，以求教廷的恩宠。结怨如许之深，看来非圣宠不能化解得了。假如我生平真有什么罪孽，也将因此行而得到赎免。”

狮夫人早已走近来，听了这番话，不禁大为感动。

“你倘若的确虔心诚意，”狮王对列那狐说，“那我求上天保佑你成功。我们也能因此安享太平，皆大欢喜！

“现以百兽之王的名义，特赐你十字架和手拄杖，以供朝圣途中之用。”

狮王接着提高嗓门，对百兽发话：

“诸位，现在列那狐表示愿意悔过自新，要去朝圣，这罪人已跟王室言归于好，希望各位也能与他言和——这是我所衷心祈望的。

“现提请各位注意：今后对列那狐要多加尊重，违者处死。倘再有申诉告发情事，本王将一概不闻不问。

“列那狐即将远行，凡路上需用之物，务请众臣大力协助。人家不畏艰巨去朝圣，诸位难道不该略表心意吗？这是最起码的要求啦。

“列那狐，亲爱的朋友，请不必客气，有话直说吧！”

狐狸做出一副十分虔诚、非常感激的样子。

“我去朝圣，只要几件路上必不可少的东西。

“一只褡裢，将就着从狗熊勃朗背上揭块皮做做就成；几双靴子，就是我老舅夷桑干和舅娘埃桑德脚上穿的那种。”

狮王恩准所请，对狐狸指名要的东西，勒令强制办齐。

“谢谢你们，谢谢你们。”列那狐向狗熊和大灰狼他们连连道谢，好像这些以痛苦为代价的赠礼是他们乐意奉送的，“舅父舅娘，我穿上你们暖乎乎的靴子，走在朝圣路上，一定脚步轻健。迢迢长途，我一直会记着你们的绵绵恩德。

“还有勃朗勋爵，这褡裢我背在肩上，须臾不离，每次装上东西，就会想到你慷慨的施与。”

吃了狐狸哑巴亏的三个家伙，都敢怒而不敢言，只得暗暗诅咒这刽子手。

这出戏一开场，猫伯伯蒙贵就很识相，溜之大吉。他太知道了，狐狸看到有他在场，是决计不会轻易饶过的。

接着，列那狐跟在场诸人一一告别，场面非常动人。

狮王诺博尔把他搂在胸前，难分难舍。那些昨天还恨不得食其肉寝其皮的人，今天都跟他搂搂抱抱，亲热得很!

这就够他受的了，差点没给搂得窒息过去！他表示急于要上路去罗马，只得抽身告辞。

于是，大伙又争着要送他一程。列那狐一再婉谢，请各位留步，说独走灵便，而且相信这样更能保持友谊。——说实话，狐狸对这种友谊未始没有狐疑的!

第二十六章　狮王遇险

列那狐装模作样，动身去罗马朝圣。

他真的去了吗？还是像猜忌他的人所说，狐狸就上远处一户近亲家里住了一阵，那地方据说鱼肉很丰盛。

总之，列那狐离家日久，一天，非常想看看老婆孩子，便打道回府了。

不顾长途跋涉之苦，他赶到漠北堆已是深夜。

他敲了半天门。家里人都睡了，而且一睡就睡得死沉死沉的。

过了半晌，才听得门背后有拖沓的脚步声。“谁啊？”艾莫丽问。

“是过路的香客，”列那狐变着嗓音回答，“给你捎来了你丈夫的消息。”

“哟！”只听得压低声音叫了一声，很快门闩拔开，站在门框里的正是艾莫丽。

“哟，是你呀！”她说着，便扑倒在丈夫怀里。

当晚，夫妻俩就讲讲别后琐琐碎碎的家事。

第二天早晨，孩子醒来，看到老爸已经回家，又跳又蹦，喜欢不尽。

漠北堆家里显得凌乱无章。列那狐从治家着手，很麻利地把一切重新安排妥帖，就像他从未离开过一样。

家里的剩粮已经不多。当务之急，是吃饭问题得有个着落。

于是，狐狸开始东跑西颠，看看哪里可以弄到上等食物。

离家不远，有个农户家业近来颇为兴旺。牛羊满圈，鸡鸭成群，而且喂得很好。

只要这乡巴佬善于照料自己的鸡窝鸭棚，列那狐一家便可长期饭食不愁。

狐狸虽然身在荒郊，却心存朝廷。他很想入朝面君，可是一点消息都没有。那些狐群狗党，自从他去了罗马，就再也没上门。他回来后也冰清鬼冷，没人理会。狮王对他的态度究竟如何？没有探明之前，他不敢贸贸然闯进宫去。

山獾格灵贝大概外出远游了。狗熊勃朗据说已遭不测。关于大灰狼夷桑干的近况，一无所闻。猫伯伯蒙贵的情形，也不清楚。

一天，他心里净想着这些事，不知不觉已走出漠北堆很远去，奇怪自己招摇撞骗那点看家本领怎么使唤不灵，突然看到小树林边上，高贵的狮王也像低贱的庶（shù）民一样，倚着一棵大树在打盹。

狮王这天为巡视自己平生开疆辟地的伟业，没带随从，微服出行。版图拓展甚广，路就跑了不少，加上衰老和疲惫，一歇下就睡着了。

远处，有乡下人在打柴，把柴火一捆捆扎好。中午时分，他们纷纷回家吃饭，绳子留在原地就走了。

列那狐顺手捡了条长长的绳子，蹑手蹑脚走近去，把狮王连同他靠的那棵大树绳缠索绑，牢牢缚定。

干完，就逃开躲在一旁。

过了一会儿，有个农夫先回来，想找自己的绳子，怎么找也找不到，丢到哪里去了？他低着头，看着地，只顾往前找，突然一抬头，瞧见了巍巍然的雄狮诺博尔。

农夫吓得往后一仰，呼啸着奔回村子，去喊救兵。

狮王猛醒过来，顿时慌张起来，想走，无奈手脚已给捆住，脱身不得。

正在枉自挣扎之际，看到列那狐潇洒自若地扬长而过，好像根本没瞧见这儿的情况。

狮王向他呼救，哪知狐狸演起戏来，装出担惊受怕的样子，撒腿就逃。

“列那狐，哎，老朋友，”狮王发急乱叫，“我这

里危乎险哉，快来救救我，帮忙把绳子解开，不然乡下人一来，我就性命难保了。”

“陛下，”列那狐回身说道，“我得先保自己这张皮，虽然我的皮不及你的华贵，但对我本人也弥足珍贵。哟，那儿跑来一群狗，好像来意不善，陛下，请恩准我先溜之乎也。”

“列那狐，列那狐，你怎么能见死不救！”

“陛下，你臣民里，在下算得最忠心最勤勉的一个，你尚且下令要把我吊死。我那些冤家对头搬弄是非，造谣生事，你句句都信，还兵临城下，包围寒舍，拿我当强盗恶贼、杀人凶手！我真不知道，我再回到宫里，你会怎么待我。”

“我封你为御前大臣，列那狐。我百年之后，一切归你调度。我可以指天发誓，别人说你坏话，我再也不信了。你快过来，先把绳子解开，那些恶狗越跑越近了。”

列那狐上去，用牙齿一撴（dūn），绳子就断了。狮王也顾不得帝王威仪，跟在狐狸屁股后面仓皇奔逃起来。

做了这番手脚，狐狸才敢进宫去，大有得胜回朝之慨。

第二十七章　江湖郎中

列那狐想到亲贵重臣对他回朝会持什么态度，心中不免忐忑不安。要知道他的对头全都在朝，如大灰狼夷桑干、大黄狗寇多哇、猫伯伯蒙贵，以及好些吃过他亏的家伙，还有若干一向与他为敌的畜生。

可虑之处颇多，所以畏惧之心也颇重。

但当列那狐执礼甚恭，亲自搀扶狮王入殿，狮王也降尊纡贵，倚靠着他缓缓行走，狐狸听到的却是一片热情欢呼和捧场叫好。

众人纷纷走来祝贺他“荣归”，并关切地问起朝圣情况。

夷桑干口口声声喊他“亲外甥”；猫伯伯虽然保持一定距离，也说了几句讨好的门面话；乌鸦吉失灵连连告罪，“失迎失迎”；裴羚好像已尽弃前嫌，了无芥蒂（jiè dì）。

野猪百俊、麋鹿毕希迈、蟋蟀佛洛贝、蜗牛沓地佚、鼹鼠太太、铁丁马、呼噜牛，以及修道院的裴奈长老，都拥上来，对他回朝表示欣慰之至！

至于大黄狗寇多哇，相见之下，那副真情流露的样子，叫局外人看了简直以为他们是莫逆之交呢。

列那狐对狮夫人照例表示敬意。高傲的王后眉开眼笑，连忙还礼。她听说狮王靠狐狸搭救才得死里逃生，更是感激不尽。

狮夫人对列那狐向来抱有好感，所以她这番亲昵的表示，狐狸也不特别觉得受宠若惊。

然而，狮王回来后，御体违和。绳捆索缚的惊吓，脱身不得的惶恐，穷甩追兵的狂奔，以及过分油腻的御膳，总之，种种原因凑在一起，狮王竟高烧不退，卧床不起。

狮夫人特地熬了一服汤剂，给他服下，当晚就该好的。

然而，药物竟然无效。

第二天，病势更凶，连脸都肿了，使人担心最坏的结局，狮王甚至想叫裴羚祭司来做临终法事。

国内的名医高手都请遍了，但对这种突发病，连名字都没人叫得出。千医百治，王上的病情不见减轻丝毫。

医生都一一溜走了，怕君王震怒，治他们医治无效之罪。

其实是过虑：狮王病得连发火的力气都没有了；狮夫人也愁肠百结，根本想不到要去惩办这班庸医。

王后的心思，全用在寻找妙手回春的神医。治不了病的，就是无能之辈，还不自己滚得远远的。

百官都低眉顺眼，入朝侍疾。但一些不安分子已开始交头接耳，筹议拥立新君，怕万一老王崩逝。

提了几个人的名，但都颇有争议，意见不一。

“列那狐如何？”

“他像没事人似的，外出溜达去了！”

这就颇招人非议。

但，狐狸外出是实，溜达则未必。

他无远弗届，想找几样灵验的草药。

终于给他采集到不少，接着别出心裁地加以调制，有的用石头挤，取其汁水；有的放在火上烤，收其灰粉。

这样忙乎一天，到了晚上，他携药进宫，要求谒见王上。

狮王病中忧闷。宠信的近臣，减轻不了君主的病痛，便讲点道听途说的琐闻给他解闷。当然，大王病得死去活来，而列那狐居然有雅兴游山玩水的闲话，少不得在宫里口耳相传。

所以，这位自称有回天之力的郎中来求见时，狮王没有拿出照理应有的好脸色来。

列那狐察言辨色，马上明白是怎么回事。

“你倒够逍遥的！”狮王口气里不无埋怨，“趁此佳日，游赏风景，好不快活！就是我，也巴不得能出去走走，但身子不灵便，看来得躺在这儿孤身死去了！”

“陛下不必伤感，”狐狸安慰道，“此病能好，只要用我的药，不出几天，王上爱上哪儿就能上哪儿了。配这份药，花了我整整一天工夫。有些草药，长在千里之外，还是我朝圣时采集来的，极有神效。”

狮王脸上转露喜色，吃力地从床上坐起身来。

“此话当真，列那狐？药已备齐？”

“陛下，我得先看看病情，然后才能对症下药，这样，不出两三天就能痊愈。”

“噢，你要能救得我丈夫，”狮夫人说，“我真不知怎么感激才是！”

狐狸马上摆出医生派头，叫病人伸出爪子来诊脉，再看舌苔，检查前胸后背，倒腾着找病根，弄得狮王直哼哼，好像病得更重了。最后，狐狸煞有介事地说：

“再晚一天，一切都无从谈起了。幸好是今天，我敢担保，陛下的病还有药救。但我所需之物，务必办到。”

“好说，好说，”狮王应声道，“只要能治好病，我分一半财产给你。”

“不是谈报酬。”狐狸知道王上误会了，没工夫去取笑。

气氛凝重，这不是开玩笑的时候。

侍奉一旁的朝臣，倒想见识见识这狐儿有什么高招。其中大多数人连自己也弄不清到底是希望他成功呢，还是愿看他出岔子。

“我要的东西或许有点出格，但为王上健康计，实属必不可少。”

“要什么尽管说。”狮王答得极爽快干脆。

“首先，御体不宜受风寒，要裹得暖暖和和的，为此，需狼皮一张。

“我老舅夷桑干，想必一定乐于把他那张皮暂借王上一用。”

大灰狼一听，脸色倏变，眼珠乱转，寻思脱身之计。但，所有大门都已关上。

“亲爱的夷桑干，”狮王把声音放得特别柔和，“真过意不去，需借尊皮一用。好在两三天里就可奉还，是不是，列那狐？”

“正是，正是，”狐狸忙答道，“现在天气已经转暖，想必老舅不至于受凉。再说，他很快又会长出一层皮来的。”

“陛下，陛下，”夷桑干哀求苦恼道，“求你让我留下这张皮。列那狐提这要求，不是为给大王治病，而是想借机治我，要我好看。我的皮要是对大王确有好处，敢不奉命，但就怕那狐儿耍滑头。那家伙是江湖骗子。”

“要我治病，这张皮就缺少不得！”列那狐冷冷道。

“夷桑干，”狮王怒声喝道，“原来你冒充忠良，骨子里是十足的恶棍。我这才看清，你的爱戴，从何谈起，要张皮都不肯，难道是忠诚的表示？有必要的话，就动手从他身上扒下来！”

说时迟那时快，几个助人为乐的帮手已把大灰狼按倒在地，硬生生把他的皮剥了下来。夷桑干精赤着身子，又羞又怒，抱头鼠窜而去，狐狸马上把病中的国君裹严实了。

跟夷桑干缠磨的当口，猫伯伯蒙贵凭身手矫捷，跳上高处一扇天窗，趁人不备之机溜走了。

这是他的机灵处。他也在劫难逃，接下来就该轮到他了。

“还有猫伯伯的皮”，狐狸另起一题，“细滑柔软，窝窝御脚最好不过……”

喊了几声蒙贵的名字，无人搭理。

这一下，弄得人人自危，怕自己的皮也要用来救王上的命。

众人倒有点后悔起来，这位圣主贤君干吗不早点死掉，免得列那狐想出这刁钻促狭的疗法来！

还好，狐狸只要了麋鹿毕希迈的两只角和野猪百俊的一根獠牙。

狐狸把鹿角烧焦，獠牙研碎，搅在他带来的草药里，合成一种粉剂。狮王吸了，大打喷嚏，其喷发力之大，使王上以为自己的脑袋要给崩掉了。之后，头上贴膏药，腿部做艾灸（jiū），似乎很见效。

“列那狐，”狮王宽慰地说，“我刚才以为你的药会要了我的命，现在病情减轻了不少，精神也好多了。”

“明天再治一次，后天保管好，没错儿！”

第二天，狐狸来治病，只有少数几位朝臣侍候。凡跟他略有嫌隙的，都深具戒心，躲在家里不敢出来。

所幸这次列那狐只用点草药，第二天王上居然霍然而愈。

因此之故，狮王诺博尔把列那狐奉若大救星。

二〇二〇春 核定

说狐

《列那狐的故事》，是一本动物故事书，讲动物之间的斗智斗勇、尔虞我诈。因笑料不断，读来有趣。而争纷竞逐的态势，与人间社会竟有几分相像，可谓寓旨深邃，所以这本书不仅仅是动物故事，也带点动物寓言的性质。

狐狸故事

法国十一二世纪时，在广大农村地区，于十字路口、水流交汇处，城镇兴起，在领主与佃农之间，出现从事工商业的市民阶层。游方艺人，在说唱英雄史诗与骑士传奇之余，开始讲说狐狸故事，诙谐风趣，市众大悦。这列那狐的故事，于诙谐调笑中，饱含民间智慧，在中世纪，是继贵族文学、骑士文学之后，一种反映新兴阶层意愿的平民文学。

狐之为兽，其性多疑而狡黠。上古时期的《伊索寓言》里，狐狸已几次显身。最有名的故事是，狐狸见到高枝上结满累累的葡萄，因采摘不到，便说那葡萄是酸的，不吃也罢。到了中古时期，有只狐狸叫列那，神通更为广大，阔视横行，引发大大小小事端，成为一部“动物史诗”的主角。他会耍小聪敏，善恶作剧，甚至不惜假传圣旨，欺凌弱小，体现动物世界里为了生存而弱肉强食的“丛林法则”。对于强敌，如遇狮王，也敢耍奸弄猾，虚词诡说，以求一逞。列那狐对侄儿山獾说：“咱们活在世上，免不了你争我夺。你不能以力气称雄，就得凭计谋取胜，反正得强过人家，你说是吗？”一语道出其生活哲学。

拿狐狸说事的，不光法国。我国古书《战国策》里就有一只自负自大的狐狸。一次老虎捉住狐狸，要拿来充饥，狐狸说：“你不敢吃我！……不信，我走在你前面……百兽看到我，谁敢不避走？”（虎求百兽而食之，得狐。狐曰："子无敢食我也……吾为之先行……观百兽之见我而敢不走乎！"）"狐假虎威"的成语，出典在此。

狐狼之争

十二世纪初，一位名叫毕延尔（Pievre de Saint-Cloud）的诗人，根据民间传说，写了一篇动物故事，文末提到列那狐与夷桑干的纠葛，因情节有趣，仿作竞起，成为列那狐系列的发轫之作。几十年间，续编多至十五篇，规模略具；到十三世纪末，累计有二十七"分枝"，整体灿然大备；十四世纪里，《列那狐新篇》《列那狐加冕》《冒牌列那狐》等衍生作品，不断涌现，可见狐狸故事受欢迎之程度。周作人认为，"于儿童相宜的自是一般动物故事，并不一定要是寓言，而寓言中的教训反是累赘"。

民以食为天，兽以吃为先。饥饿、觅食，对动物来说是头等大事，也是一切争端的直接起因。列那狐的故事，便是从偷食骗吃开篇的。偷谁的食料？大灰狼家的羊腿！夷桑干与列那狐，名义上是舅甥关系，实际上是冤家对头。狐狼之争，几乎是贯穿全书的主线。狐与狼的格斗，乃智与力的较量。大灰狼体大而壮，以蛮力称雄；而列那狐乖巧灵便，尽出坏点子，哄夷桑干剃度受洗、尾巴钓鱼，让他吃尽苦头。几个回合下来，智者无敌，狐狸胜券在握。一次上朝，大灰狼趁列那狐没到，发动告御状，想借刀杀人。狐狸纵横捭阖（bǎi hé），最后推说要远行朝圣，让狮子发令，从狼腿上剥下暖乎乎的靴子，没少让这个对头受皮肉之苦。

西方语文里，有"狡猾得像狐狸"一语，狐意味智略，而狼喻凶残。另外，熊性嗜蜜，猫喜捕鼠，兔子胆小，驴子倔强，等等。各种动物，在列那狐故事里的表现，俱能合乎各自特性，这也是此书成功的原因之一。狡诈、贪吝、怯懦、虚荣等性格缺陷，导致某一动物措置失当，甚至失足或丧身，可不慎哉！

御前会议

狐狸故事里，数御前会议，堂哉皇哉，场面最大。

在风日晴和的日子,狮王诺博尔与狮后菲娅尔相并临朝。宝座旁，有武将夷桑干、重臣狗熊勃朗、祭司绵羊裴羚等。两旁列班的，有麋鹿毕希迈、山獾格灵贝、刺猬挨箆奈、野兔窟挖儿等一众细民百姓。国王仁民爱物，天下还算太平。只有列那狐不安分，爱惹是生非，制造混乱。聚讼纷纭，得由狮王来秉公裁定，于是派干将去传召案犯。而狐狸竟敢抗旨不遵，对前来的钦差，也不手软。罪上加罪，最后判处绞刑。说实在，列那狐对狮王也只有表面的尊敬，暗地里自恃聪明，不忘玩弄手段。等死到临头，忽说他藏有重宝，狮王觉得兹事体大，便告诉狐狸：原先判决，并非铁案，无可改变。廷审一节，意含嘲讽：君王临下，擅作威福；司法不公，滥用职权。又，剃度受洗做修士能有好供奉，做坏事受追捕逃到修道院可以避难，犯了杀身之罪远行朝圣就能得到赎免，分明是把矛头指向了教会和教士。

众所周知，真实的动物界，禽兽之间，相生相克，从来没有百兽聚首、量罪定刑之举。这里所写的动物世界，实际是在按人间社会照猫画虎。前半部，写狐狸故事和狐狼之争，戏谑成分居多，喜剧性粲然可感；后半部，写狐狸廷审和御驾亲征，社会内容增加，讽刺性跃然纸上。前半部与后半部之间，动物慢慢脱离动物性，越来越像社会中的人了。动物故事，逐步演变为动物寓言。

列那狐故事，原文很长，八音节诗句达三万行之多。这样浩繁的篇幅，写到庄园、狩猎、砍伐、干酪制作等，对法国中世纪的世态百相有较多反映，对当时社会状况也不无讥讽。像列那狐那样不事生产，靠谋划算计，坑蒙拐骗，在江湖上居然吃得开，本身就寓有一种深刻的社会批判。所以，这部动物故事集，对王权、教会、不法之徒的影射，弥补了当时主流作品所忽略的方面。

学其妙处

小朋友，青少年，是最喜欢学习的一群人。只有读书，才能长进。从小学得丰富的词汇，使用优美的语言，能提高学业的成绩。读写能力，极大关乎一个人成长之道。读《西游记》，上天入地，想象无穷。假期里读一部原本《三国演义》，写作文的本领就会大多了。但读书，要读出其妙处。“列那狐”好在哪里？聪敏机智，风趣幽默。就说这后面一点，幽默贵含蓄，切忌直白。如列那狐“朝圣”回来，家里剩粮已不多。他开始东跑西颠，发现离家不远，有家农户，牛羊满圈，鸡鸭成群，而且喂得很好。“只要这乡巴佬善于照料自己的鸡窝鸭棚，列那狐一家便可长期饭食不愁。”读到这里，谐趣自然生成，令人会心一笑。

故事是很有趣，但列那狐的处世之道，可不是效法的对象、学习的榜样！狐狸不是很聪明吗？是的，这狐狸不仅聪明，而且狡诈，喜欢恶作剧，会动歪脑筋，做出来的事，大多损人利己，不讲道德。看他能说会道、狡猾可喜，但千万不要被其表面现象所迷惑，说到底，列那狐不是好东西！所以，但凡听到花言巧语、阿谀逢迎，就要存一份心，免得入其彀（gòu）中，吃亏上当。狐狸尾巴最终是藏不住的。子曰：“巧言令色，鲜矣仁。”这也是列那狐给读者的一点规训。

本译本，不是取某单本法文书照译而来。翻译此书时，译者正专攻中世纪文学，于列那狐故事兴味尤浓，参照阅读了多种版本。应该说，列那狐故事，不像《格林童话》有定本，传世的几种二十七“分枝”（branches）编本，一个“分枝”里往往又含一组故事，文字互有出入。经过比较，以季罗夫人现代改写本为基础，摘选他本精彩段落，整理成二十七篇。二十七对二十七，取其形似。编译原则是：有取有舍，删而不改。取其精华，凡太枝蔓太离奇的，就只得割爱。相信这一精华本，会较适合少年朋友阅读。

罗新璋

二〇一一年十月廿四日

好个伶牙俐齿的列那狐

一本好书，必有让人称道的妙处：或是能让读者享受一场辞藻华美如晚春落英缤纷的语言盛景，或是折服于作者构思精奇始终让人屏气敛神看一路跌宕起伏，抑或叹服作者能游刃有余地驾驭结构庞大、枝节繁复的长篇巨作。同样，列那狐最让我叹为观止的是他巧舌如簧的诡辩能耐，能颠倒黑白，起死回生，甚至能反败为胜。好个伶牙俐齿的列那狐！有谁能辩得过他？

让我们一起看看列那狐及其创造者有哪些可以学习的地方吧。

学其言

是的，叹为观止，是“观”。看书，可不就是“观”吗？然则没有音效，没有灯光，没有舞美，就是白纸黑字，却让人淋漓尽致地看到那个脑袋瓜精得冒光的狐狸，从容间轻描淡写地迷惑视听，混淆是非，赢得大满贯。

你清清楚楚地眼见他无恶不作，明明白白地目睹他戏弄众生，可就是被他说得张口结舌、无言以对，甚至像狮王一样被他说服。

这是怎么回事？这就是书面语言的魅力，或者说是文字的法力。

说是叹服列那狐的口才，倒不如说作者“你太有才了”，同样三千常用汉字挪移于笔下，怎地您老的文字就比唱的还好听，比演的还逼真？

我们写文章的时候，也思量思量：这话要怎么说，这文字该怎么码。

同一个意思，可以用很多不同的句子表述出来。对于这一点，很惭愧——我也醒悟得比较晚。那是在看一部旧的美国电影《与狼共舞》时猛然发现的。当时，字幕上的文字和配音说出的话语完全不一样——但细一品，意思一致。我们对照看一下：

字幕：这就是我的意思。

配音：我想说的就是这些。

字幕：他们西装革履。

配音：他们穿得像个绅士。

很简单的例子，但我们能看出：话，有很多说法，但要看你怎么说——怎么说才最到位，最有感染力，最能表达你想体现的意境或是效果。这是个功夫活儿，要用心学，用心磨。

当然，《列那狐的故事》原著是法语，所以，我们更感谢翻译大师译得如此传神，妙不可言。还是那句老话呀，中华民族的汉字博大精深呢，别觉着听得耳朵起茧。如果真能学得列那狐——临危不惧、急中生智、口齿清楚、逻辑严密，而非颠倒黑白、不择手段、巧施报复、心狠手辣——的真传，那么恭喜你——你绝对可以舌战群儒，无往不胜。

观其形

你喜欢列那狐吗？你憎恶列那狐吗？不太好说吧。这就对了——一个成功的人物形象，哦不，一个成功的狐狸形象，就是让人觉得真实，喜厌掺杂。换句话说，一个好得完美至极的人物形象，或是一个坏得人人恨而诛之的人物形象，你觉得现实中存在吗？不真实的形象，自然会让人觉得“也就是在书里才有”，很快就会淡化。唯有符合现实情况的形象，才能深入人心，让人念念不忘。

面对亦非善类的狼舅夷桑干，列那狐近乎虐待地戏弄、折磨他：沸水脱毛、活剥狼皮。这时候我们的心似乎是向着列那狐的——难道让凶暴贪婪的大灰狼得胜吗？对单纯可怜的小白兔朗伯，列那狐毫不怜悯，残忍地扭断头颈烹饪下肚，这时候我们隐隐觉得，这个狐狸比恶狼还凶残哪！再看列那狐对待妻子还有三个孩子，俨然是地道的贤夫慈父——为了不让家小挨饿，他四处奔波坑蒙拐骗搞口粮，甚至还惯于体贴勤快地收拾家务，是不是又觉得他还挺可亲的？就是这样一个有些复杂的狐狸，狡猾？聪睿？歹毒？有趣？能言善辩？八面玲珑？不是一两个词能定义的，这才是一个丰满的形象。

当然那些配角也相当抢镜头：那个作威作福道貌岸然看似铁面实则贪婪懦弱的狮王，那个高高在上自恃优雅却前倨后恭虚荣爱财的狮后。

赏其困

列那狐最得意的时候也是他最困厄的时候：本来已经人证物证俱在、罪恶滔天罄竹难书，可他不以为然，在狮王驾下接二连三犯事儿，处境危难，万死也难辞其咎。麻烦事儿够多了吧，连我们都替狐狸犯愁。其实，要的就是这个劲儿，越是矛盾重重、危机重重，才越容易出彩。说到这里，明白我想要说的是什么了吗？文章就是在激烈尖锐的矛盾中突显情节的张力和人物形象的饱满度。

所以，不要怕麻烦，你看，列那狐即使遭遇百兽讨伐兵临城下，却施施然整理因自己不在而凌乱的家，顺带逗孩子玩玩。我们作文也要学他于万千冲突中安然脱身、峰回路转的本领。

文似看山不喜平，还是这一句老话，但这话说得绝对经得起考验。

尚燕琴

二〇一二年年初